당신을 만나지 않았더라면

당신을 만나지 않았더라면

초판 1쇄 인쇄 2022년 12월 20일
초판 1쇄 발행 2022년 12월 30일

지은이 **권지명**

펴낸이 **우세웅**
책임편집 **김휘연**
기획편집 **정보경**
표지 디자인 **김세경**
본문 디자인 **이선영**
영상 콘텐츠 제작 **전다솔**

종이 **페이퍼프라이스㈜**
인쇄 **(주)다온피앤피**

펴낸곳 **슬로디미디어그룹**
신고번호 **제25100-2017-000035호**
신고연월일 **2017년 6월 13일**
주소 **서울특별시 마포구 월드컵북로 400, 상암동 서울산업진흥원(문화콘텐츠센터) 5층 22호**
전화 **02)493-7780**
팩스 **0303)3442-7780**
전자우편 **wsw2525@gmail.com(원고투고 · 사업제휴)**
홈페이지 **slodymedia.modoo.at**
블로그 **slodymedia.xyz**
페이스북인스타그램 **slodymedia**

ⓒ 권지명, 2022

ISBN 979-11-6785-104-8 (03810)

장애인과 비장애인의 만남,
그저 사랑 안에
똑같이 존재하는 이야기

당신을 만나지 않았더라면

권지명 지음

설렘

이 책은 우리 사회에서 보기 드문 기록이다. 저자는 남자가 유전성 장애인이라는 사실을 알면서도 결혼한 여성으로, 보통 부부와 다른 출산과 육아, 남편 거들기의 어려움을 겪는다. 흔히 이런 사정은 감추기 십상이지만, 꺼내놓으면 세상은 그만큼 넓어진다.

이 부부는 헤어짐을 진지하게 준비한 시간이 있다. 남녀가 사랑에 빠지는 일도 그렇지만 부부생활도 참 묘하다. 갖은 곡절을 겪으며 미움과 후회가 고마움으로 익어가는 모습, 비로소 두 사람이 나란해진다.

_백진양 (전 한벗재단 이사장)

신체 건강한 누군가의 남편을 부러워하던 나에서, 불편한 몸 안에 갇힌 설움과 아픔까지 느끼게 되는 내가 되기까지의 놀라운 변화는 '사랑'이 아니고서는 다른 말로 표현할 길이 없어 보입니다. 남들에게는 아무것도 아닐 수 있는 보통의 삶을 이루기 위해 치열하게 싸워야 했고, 마침내 이루어낸 그 사랑에 감히 '위대한'이라는 수식어를 붙여주고 싶습니다. 장애인의 아내일 뿐만 아니라 여성이자 사회복지사인 저자의 글을 읽고 한층 더 애정하는 마음이 생겼습니다.

_김효진 (장애여성 인권활동가)

세상을 가장 따뜻한 눈으로 볼 수 있기에 남편의 아픔을 이해하고 함께 하는 삶으로 그 사랑을 증명해 낸 저자입니다. 책을 써 보려는 의지에 추운 겨울날 맨발로 따라나서며 "나도 쓸 수 있을까요?"라고 묻던 그 눈빛은 이미 책을 낼 수 있음을 보이는 것이었습니다. 저자의 귀한 마음을 항상 응원합니다.

_김미혜 (행복한가족상담센터 대표)

배를 오래 타다가 내리면 멀미가 난다고 합니다. 바로 땅멀미입니다. 새로운 경험이 과거에 겪은 경험과 비교될 때 우리는 낯섦을 느낍니다. 저자의 글을 읽으면서 그랬습니다. 저는 장애인의 삶을 먼 풍경처럼 바라보고 있었습니다. '안됐다'하는 허락지 않은 연민을 가지면서 이를 무례라고 생각하지 못했습니다.

글을 붙들고 한 걸음 들어가고서야 알게 되었습니다. 사람 사는 모습에는 크게 다를 게 없고, 보통의 삶과 보통의 감정, 그 속에서 보통의 사랑이 꽃피우고 열매 맺기 위해 애쓴다는 걸 말입니다. 그 사랑은 어느 자리에서나 연민이 아닌 존중을 받아야 한다는 것을 말입니다.

_이정훈 (책과강연 대표기획자)

아버지는 마흔여덟의 늦은 나이에 사회복지 일을 시작하셨습니다. 서울에서 호떡 장사를 하시던 아버지가 대전의 아동복지시설 총무가 되시면서 당시 중학생이던 저에게도 새로운 세상이 열렸습니다. 시설 안에서 백여 명의 형제와 함께 살았습니다. 부족한 환경이었지만 그 세월은 무엇과도 바꿀 수 없는 인생의 소중한 자산이 되었습니다.

2005년, 서울의 장애인복지기관에서 일하게 되면서 만났던 장애인 동료들은 저에게 많은 깨우침을 주었습니다. 장애인시설로의 격리가 아닌, 지역에서 함께 살아갈 권리, 차별받지 않을 권리를 말하며 시대를 저만치 앞서가고 있었습니다.

그들 속에서 한 남자를 만났습니다. 첫 만남부터 후광을 비추던 그는 전동 휠체어를 타고 있었습니다. 그의 당당한 태도는 장애를 극복하고 훌륭한 삶을 살 사람이라 믿게 했고, 그의 인생에 저를 보태고 싶어졌습니다. 우리의 사랑은 각별하며, 영원하리라 굳게 믿었습니다.

누군가에게 고마운 존재가 되고 싶었습니다. 남을 도와주는 착한 심성을 가진 사람이 되고 싶었습니다. 부모님의 삶을 보며 자연스럽게 그런 생각을 하며 자라서, 사회복지사가 되었고 지금의 남편을 만나 결혼하게 되었는지도 모르겠습니다.

그런데 장애인 당사자의 가장 큰 적은 사회복지업계 종사자와 가족이라고 합니다. 장애인의 자기 결정권에 영향을 미치는 가장 가깝고 강력한 존재이기 때문입니다. 저는 남편의 자기 결정권에 늘 침범하는 사람이었고, 인생의 여러 선택 앞에 늘 당당하게 제 주장을 우선시하였습니다. 고마운 사람이 되기는커녕, 어느덧 가장 가까운 거리에서 상처를 주는 사람이 되고야 말았습니다.

결혼 생활을 한지 7년쯤 되었을 때, 아이 둘을 낳아 키우고 점차 근육 장애가 진행되는 남편을 돌보며, 직장 생활까지 유지하던 저는 점점 지쳐갔습니다. 힘들지만 힘들다고 말할 곳이 없었습니다. 그 화살은 남편을 향하기 시작했습니다. 결혼한 것이 너무나 후회스러웠습니다.

"우리 이혼하자."

내뱉은 말은 주워 담을 수 없었습니다. 우리의 마음은 이혼으로 달려가기 시작했고, 꼭 이혼에 도달하고 싶었습니다. 그러나 결국 우리는 이혼할 수 없는 이유를 찾았고, 다시 서로의 마음을 어루만져주게 되었습니다.

7년 전 저는 이혼을 갈망하며 부르짖었습니다. "당신을 만나지 않았더라면!" 이는 후회의 말이었습니다. 7년이 지난 지금의 나는 다시 고백합니다. "당신을 만나지 않았더라면…"
무슨 일이 일어난 것일까요?

이 책은 결코 부족하지 않은 남자와 유별나지 않은 여자의 평범한 사랑 이야기입니다. 연인 관계, 부부 관계, 그 생활 안에서 늘 마음속에 이별 카드 한 장을 지니고 있다면, 이 책을 보는 동안 잠시 숨을 고르며 '내 안의 나'를 만나는 시간을 가져보시길 바라는 마음입니다.

권지명

차례

그때도 알았더라면

PART 1

누구에게나

사랑은

하트입니다

스무 살까지만
살고 싶어요

이상한 일이었다. 학교 건너 문구점에서 준비물을 사고 다시 횡단보도를 건널 때였다. 소년은 갑자기 다리에 힘이 풀리며 그 자리에 주저앉았다. 멀리서 덤프트럭이 경적을 울려 대며 달려오고 있었다. 머리로는 일어나야지 하는데 몸이 말을 듣지 않았다. 짧은 순간 온 힘을 다해 몸을 굴렸고 아슬아슬하게 덤프트럭을 피할 수 있었다. 놀란 가슴을 진정시키며 가까스로 일어났다. 열한 살, 처음으로 몸의 변화를 느낀 순간이었다.

6학년 때였다. 전교생이 아침마다 학교 운동장에서 국민체조를 했었다. 제자리에서 앉았다 일어나는 동작을 하는데 일어나지를 못했다. 한 손으로 땅을 짚고 다른 한 손은 무릎에 얹으며 반동을 주어 일어나야 했다.

봄에는 나물 캐러, 겨울에는 장작으로 쓸 나무를 구하러 다람

쥐처럼 뛰어다니던 산을, 소년은 자신도 모르게 뻗정다리로 오르고 있었다. 지켜보던 아버지는 운동 부족이라고 혼내시며 매일같이 얼차려를 하셨다. 억울하고 서러웠다.

중학교 진학 후 읍내에 있는 학교에 가려면 하루에 네 번밖에 다니지 않는 버스를 꼭 타야 했다. 뛰어서 오르내리던 버스 계단이 언제부턴가 오르기 힘들어졌다. 버스 안 사람들의 시선을 받으며 팔과 무릎으로 기어서 올라탔다. 도대체 무슨 영문인지 알 수 없었다. 결국 부모님이 누나들과 함께 지낼 자취방을 얻어 주셨지만, 주말마다 농사일을 돕기 위해 집에 올 때마다 버스를 타는 게 너무 두려워 온몸이 떨렸다.

소년은 강원도 인제 산골 마을에서 태어났고, 농가의 자녀들이 대부분 그러하듯이 어릴 때부터 농사일을 거들어야 했다. 조막만 한 손으로도 꽤 할 일이 많았다. 똘똘하고 건강했던 소년은 제법 제 몫을 하면서 자랐다. 그런데 조금씩 계속해서 몸의 변화가 일어나는 걸 느꼈다. 뜀박질을 못 하게 되고, 자주 넘어지게 되었다. 온몸의 힘이 점차 빠지고 있었다.

이유도 모른 채 약해진 다리로 무리하게 일어서다 보니 차츰 허리가 아파왔다. 아버지는 점점 심해지는 허리 통증으로 인해 고통스러워하는 아들을 걱정하면서도 소년이 고등학생이 되어서야 병원에 데려가셨다. 오랜 농사일로 허리 디스크 수술을 받은 엄마처럼 허리 디스크일 것이라고 가족들은 추측했지만, 디스크는 이차적인 문제였고, 근육계 질환인 것 같다는 진단을 받았다.

춘천의 대학병원에서 무릎의 근육세포를 떼어 조직 검사를 한 결과, 청천벽력과 같은 진단을 받았다.

"진행성 근이영양증입니다."

점점 근육이 퇴행해가는 희귀질환으로, 아직 치료 방법이 없어 스무 살을 넘기기가 힘들 거라고 했다. 희망이 없으니 남은 시간 동안 하고 싶은 거 실컷 하게 해주고, 먹고 싶은 거 맘껏 먹게 해주라는 말과 함께.

'스무 살을 넘기기 힘들다…'

사형 선고와도 같은 진단을 받고 돌아오는 길, 아버지와 소년은 말이 없었다.

'내가 뭘 잘못한 걸까?'

'왜 하필 나일까?'

'이렇게 죽을 거면 왜 태어난 거지?'

아무리 생각해봐도 답이 나오지 않았고, 현실을 받아들일 수가 없었다. 책가방을 던져 버리고 아끼던 사진첩을 꺼내어 모든 사진을 다 찢어버렸다. 학교에 갈 필요도 없고 친구도 소용없었다.

어느 날 밤, 퉁퉁 부은 두 눈으로 아버지가 가장 갖고 싶은 게 뭐냐고 물으시기에, 컴퓨터라고 말했다. 아버지는 재산 1호였던 암소 두 마리 중 한 마리를 팔아 당시 최고 사양의 컴퓨터를 사주셨다. 그렇게 소원이던 컴퓨터를 갖게 되었고, 그때부터 컴퓨터와 친구가 되었다. 온종일 게임만 하고 있어도, 학교에 안 가도 뭐라 할 사람 없었고, 힘든 농사일도 열외가 되었다.

1학년 때 담임선생님은 소년이 학업을 포기하지 않기를 바라는 마음에, 학교로 데려오라고 매일같이 친구들을 집으로 보내셨다. 담임선생님의 끈질긴 노력 끝에 결국 두 손 두 발을 들어, 학교에 다시 나가기 시작했다. 3학년 때 담임선생님은 칼 같은 분이셨다. 출석하지 않을 거면 아예 학교 그만두라며, 절대 봐주지 않겠다고 엄포를 놓으셨다. 그즈음 컴퓨터 동아리를 만들어 독학으로 배운 컴퓨터 관련 지식을 친구와 후배들에게 가르쳐주며 학교생활의 재미를 찾았다. 전산 선생님도 모르는 게 있으면 소년에게 물어볼 정도였다.

PC통신도 남들보다 일찍 시작했다. 매달 전화 요금이 수십만 원 나왔지만, 희귀질환으로 아픈 아들을 나무랄 사람은 없었다. 모니터 속 얼굴도 모르는 사람들에게 시한부 인생을 살고 있다고 소개하면 선뜻 친구가 되어주었고, 그렇게 만난 작업치료과 대학생을 통해 근육 장애인 하이텔 모임을 알게 되었다. 그들과의 만남은 소년에게 한 줄기 빛이 되었다. 근육병의 종류와 증상, 진행 속도에 개인차가 있다는 것과 자신은 그나마 아직 양호한 편에 속한다는 것을 알게 됐고, 그들이 살아가는 삶도 접하고 공감할 수 있었다.

'아, 혼자가 아니구나. 나와 같은 사람들이 있었구나!'

큰 위로였으며 힘이 됐다. 그들을 보며 조심스럽게 본인의 미래를 꿈꾸기 시작했다.

점점 인제 시내에 컴퓨터를 잘 다룬다는 소문이 돌더니 졸업 전에 컴퓨터 대리점에 조기 취업하게 되었다. 1997년, 그의 생에 없을 줄 알았던 스무 살을 맞이했다. 대리점 일과 컴퓨터 학원 강사, 초등학교 방과 후 교실 컴퓨터 강사로도 일하게 되었다. 스무 살로 끝날 줄 알았던 그의 인생이 미래를 향해 활짝 펼쳐지고 있었다.

그런 아들을 대견해하시던 아버지가 갑작스러운 뇌졸중으로 손써볼 틈 없이 돌아가셨다. 한순간에 집안의 가장이 된 그는 슬픔에 빠져있을 겨를이 없었다. 빨리 돈을 벌어야겠다고 생각했다. 서울로 취업을 나갔던 친구가 월 오백만 원 이상 벌 수 있는 일이 있다며 함께 일하자고 연락이 왔다. 다니던 직장을 그만두고 친구와 함께 상경했다. 하지만, 자석요를 파는 다단계 회사였고, 거짓 희망에 빠져 2년이나 세월을 보냈다. 결국 빚만 진 채로 겨우 빠져나와서는 사채업 사무실에서 일하게 되었다. 어떻게든 빚을 갚기 위해서였다. 그러나 얼마 못 가 사장이 자신한테까지 사기를 치려

한나는 것을 눈치채고 친구들과 함께 도망쳐 나왔다. 그 사이 근육병은 더 진행되었고, 그에게는 빚만 남았다. 그렇게 쓰디쓴 사회 경험을 마치고 돌아온 고향 집. 반기는 이는 어머니뿐이었다.

서울에서 몸도 마음도 만신창이가 되어 돌아온 후, 그는 방 안에만 갇혀 지냈다. 혼자서는 외출도 어려웠거니와, 무엇보다 마음의 상처를 회복하기가 힘들었다. 인생의 실패자라는 생각과 자기로 인해 피해를 입은 사람들에 대한 죄책감에 시달렸다. 열일곱 소년, 그 절망의 시간으로 다시 돌아갔다.

그러던 어느 날, 친구의 도움을 받아 외출하다가 고등학교 때 잠시 다녔던 교회 장로님을 우연히 마주쳤고, 그 기회로 교회에 나가기 시작했다. 매일 누군가가 와서 데리고 가줘야 한다는 게 미안했지만, 교회라도 나가야 살 수 있을 것 같았다. 시내에 자취방도 얻게 되었고 다시 살아볼 힘이 생겼다. 평생 조상신을 섬기던 엄마도 함께 교회에 다니기 시작했다. 감사한 날들이었다.

2003년, 사회복지공동모금회에서 전동 휠체어를 지원한다는 공고를 접했다. 간절한 마음으로 구구절절 사연을 적어 보냈다. 경쟁이 치열했지만, 강원도의 선발자 열두 명 중 한 명으로 선정되었다. 전동 휠체어를 받게 된 후, 그의 삶은 완전히 뒤바뀌었다. 자취방은 1층이었고 현관문 바로 앞까지는 걸을 수 있었다. 현관문을 열면 전동 휠체어가 그를 기다리고 있었고, 전동 휠체어에 올라타는 순간, 천만 불짜리 다리를 가지게 된 듯 했다. 좁고 어두운 방 구석에서 창문 밖 세상으로 나와 힘찬 날갯짓을 시작했다.

2004년 6월, 매형의 추천으로 '제1회 하늘 내린 인제 마라톤 대회' 운영본부에서 일하게 되었다. 홈페이지를 만들어 홍보하고 접수하는 일부터, 홍보물 디자인과 기념품 제작도 하고, 직접 마라톤 코스도 점검했다. 성공적인 행사였다. 연이어 2005년에 열린 대회 역시 성황리에 마쳤다. 행사 내내 전동 휠체어로 곳곳을 누비고 다녔다. 그런 모습을 눈여겨본 지역 장애인 단체 사무국장이 "너 같은 사람이 장애인 단체에서 일해야 한다"라며 새로운 길로 그를 이끌었다.

장애인 보호작업장을 맡아 운영하며 편의시설이 갖춰진 기숙사로 이사도 했다. 발달장애인 직원들을 고용해 다양한 도전도 할 수 있었다. 사회복지학과에 입학해 뒤늦은 대학 공부도 시작했다. 몇 해 동안 장애인 기능경기 대회에 출전하여 상을 휩쓸었다. 인제군에서 리프트 승합차도 지원받게 되었다. 가지 못 할 곳도, 하지 못 할 일도 없었다.

세상을 다 가진 것 같았다. 그날이 오기 전에는.

엄마의 그날

2006년 7월 15일 토요일, 이른 아침이었다. 세찬 빗소리와 함께 핸드폰 벨이 울려서 보니 엄마였다. 졸리고 귀찮은 마음에 망설이다가 마지못해 받았다.

"아들!"

엄마가 떨리는 목소리로 울며 말했다. 정신이 번쩍 들었다.

"엄마? 왜 그래요, 무슨 일이야?"

"아들! 지금 집 뒤로 자꾸 물이 들어와. 어떡해?"

"뭐라고? 자세히 좀 말해 봐요!"

"산에서 계속 물이 내려와. 부엌에도 물이 찼고 안방도 물이 차고 있어!"

"알았어, 엄마! 기다려, 내가 갈게!"

전화를 끊고 옆에서 잠을 자던 동생을 깨웠다.

"빨리 차 빼 와! 엄마한테 무슨 일이 생겼나 봐!"

상황을 알기 위해 작은부모님 댁으로 전화했다. 작은엄마가 전화를 받았다. 갑작스러운 폭우로 계곡 위쪽에서부터 계속 물이 넘쳐흐르고 있다고 했다. 이장님에게 전화해서 엄마한테 빨리 집 밖으로 나가 피하시라고 전하셨다는데 이장님은 그 후로 엄마가 어떻게 됐는지 알 수 없다고 했다. 전화를 끊고 이장님에게 전화를 거는데 계속 연결이 되지 않았다.

동생 등에 업혀 차에 올랐다. 서둘러 집으로 향하면서 매형들에게도 상황을 알리고 엄마에게 전화를 다시 걸었다.

"엄마! 빨리 밖으로 나가서 산으로 올라가세요!"

"어떻게 나가니, 못 나가. 집 앞이 다 물바다야. 어떻게 나가…."

"엄마! 그래도 나가셔야 해요. 그대로 있으면 안 돼!"

전화가 끊겼다. 엄마 목소리를 들으니 더욱 초조하고 불안해졌다. 그러나 그때는 그것이 마지막 통화가 될 줄은, 정말 몰랐다.

첫 번째 다리인 합강교를 건너려고 보니 마을로 들어가는 작은 다리는 이미 하천물이 넘쳐나 끊겨 있었다. 두 번째 다리인 리빙스턴교로 건너는 수밖에 없었다. 하지만 집으로 가는 44번 국도가 차들로 꽉 막혀 있고, 반대편 차선은 산사태로 인해 토사가 수백 미터 이어지며 가득 쌓여 있었다. 중앙 분리대가 불어나는 흙

더미를 간신히 막고 있었다. 이쪽 차선 옆은 강물이 범람하고 있는 위험한 상황이었다. 이 상황이 계속되면 그대로 강물에 빠져버리고 만다. 공포 그 자체였다.

하지만 엄마에게 빨리 가야 한다는 마음뿐이었다. 동생에게 최대한 갓길로 붙어서 무작정 밀어붙이라고 했다. 겨우겨우 갓길을 따라가서 리빙스턴교 앞에 이르렀지만 이미 다리 위까지 강물이 범람하고 있었다.

"어떡해, 형?"

"건너가야지."

"저기를?"

"괜찮아, 갈 수 있어. 어차피 다른 길은 없어. 건너야만 해."

다리 위로 올라서니 차가 붕 떴다가 다시 내려앉기를 반복하며, 느리지만 조금씩 앞으로 갈 수 있었다. 간신히 다리를 건넜지만, 산사태로 인해 울퉁불퉁해진 길을 제대로 달릴 수 없었다.

"망설이지 말고 계속 가."

초보 운전자였던 동생에게 무리한 요구였지만 어쩔 수 없었다. 앞마을 덕산리 입구까지 들어갔다. 앞에 트럭이 보였다. 그런데 그 트럭이 급히 후진하더니 다급하게 손짓하며 못 간다고 소리쳤다. 그 앞을 보았다. 거기 있어야 할 집들도, 길도 보이지 않았다. 차창 너머로 본 하천은 평소 장마철에 보던 사납게 흐르는 흙탕물 수

준이 아니라 마치 용암이 흐르듯 땅 자체가 출렁거리며, 나무들이 선 채로 휩쓸려 내려가고 있었다. 세상 끝을 마주한 것처럼 너무나 무서워 몸서리가 쳐졌다.

다른 길로 가보려고 트럭을 따라 리빙스턴교 쪽으로 다시 차를 돌렸다. 오던 길을 보니, 뒤따라 들어온 차들이 줄지어 서 있었다. 그중 한 대가 도로 옆 군부대에서 쏟아져 나온 탄약통과 토사에서 빠져나오느라 애쓰고 있었고, 그 뒤로는 커다란 나무가 쓰러져 도로를 막은 상태였다. 그자리에 꼼짝없이 발이 묶여버렸고, 엄마는 더 이상 전화를 받지 않았다.

어디선가 소방대원들이 나타나서 나무를 토막 내고 치워준 덕에 두 시간 만에야 그곳을 빠져나올 수 있었다. 드디어 비도 그쳤고, 물이 빠지기 시작했지만 미끌거리는 진흙탕이 되어버렸다. 다섯 시간이 지나서야 다리 위를 건널 수 있었다. 차 안에서 고립되었던 시간 내내 엄마의 서러운 울음소리가 머릿속에서 떠나지 않았다. 미칠 것만 같았다.

경찰관과 소방대원들을 통해 인제군 내의 상황들을 대충 파악할 수 있었다. 진흙탕이 되어 버린 도로를 간신히 빠져나와 도착한 기숙사는 온통 진흙으로 뒤덮여 있었다. 큰 피해가 없는 누나 집으로 갔다. 아무것도 하지 못한 채 무기력하게 하루가 지나가 버렸다.

다음 날 새벽, 동생과 함께 다시 길을 나섰다. 날이 밝고, 물이 빠진 상황에서 보니 세상은 온통 전쟁이 휩쓸고 간 폐허처럼 변해 있었고 모든 도로가 끊겨 아무것도 할 수 없었다. 군청과 119 상황실에 전화를 해봤지만 피해 상황이 정확히 확인되지 않고 있었고, 긴급구조팀 이십여 명이 도보로 들어간다는 소식을 들었다. 마을 사람 중 엄마만 소재 파악이 되지 않는다는 소식도 들었다.

'설마… 그럴 리가 없어, 어딘가에 분명 살아 계실 거야.'

다음 날 긴급구조대원들이 파악해 온 실종자 명단에 엄마의 이름이 적혀 있었다. 믿을 수 없었다. 마냥 그대로 있을 수 없었다. 매형들에게 걸어서 들어가 달라고 부탁했다. 두 분만 보낼 수는 없어서 동생도 함께 보냈다. 어떤 상황인지도 모르는 위험한 곳으로 동생을 보내야 하는, 아무것도 할 수 없는 자신이 원망스러웠다.

'내가 갈 수만 있다면, 내가 걸을 수 있다면…'

집으로 갈 수 있는 우회도로가 임시 개통되었다는 소식을 듣고 친구에게 운전을 부탁했다. 필례약수 쪽으로 가기 위해 원대리-하추리-현리-귀둔을 지나갔다. 수마(水磨)가 휩쓸고 간 곳들을 눈으로 확인하니 기분이 더욱 참담했다. 더 이상 갈 수가 없어 포기하고 돌아오는 길에 큰 매형에게서 전화가 왔다. 작은집은 무사했지만, 우리집은 다 휩쓸려 내려갔고, 도저히 엄마를 찾을 수 없는 상황이라고 했다. 그 순간 모든 것을 놓고 싶었다. 정신이 아득해졌다.

근육병 진단을 받았을 때 의사는 모계유전일 수 있다고 말했다. 그날부터 엄마는 죄인이었다. 모든 것이 당신 탓이었다. 아들의 분노를 온몸으로 받아내셨다. 매 순간 엄마를 원망하는 자신을 증오하면서도 또 엄마에게 쏟아내며 살아왔다.

불편한 몸으로 자취하는 아들에게 하루가 멀다고 찾아와 설거지와 청소를 해주시던 엄마. 그만 좀 오라고 짜증을 내도 다음 날이면 다정한 목소리로 방문을 두드리던 엄마. 아파 누웠을 때 가만히 거친 손 내밀어 매만져주시던 엄마. 그렇게 엄마는 늘 아들 곁에 계셨다. 며칠 후 친구의 등에 업혀 찾아간 집은 낯선 곳이 되어있었고, 엄마의 흔적조차 찾을 수 없었다. 많은 사람이 동원되어 실종자를 찾았지만, 엄마는 어디에도 없었다.

산사태에 휩쓸렸기에 어딘가에 매몰되었을 것으로 보고, 중장비를 동원해 개천을 파내기 시작했다. 동생은 작은집에서 지내며 작업 현장을 지키고 있었다. 전국에서 모여든 자원봉사자들이 보호작업장과 기숙사를 청소해 준 덕에 예전 모습을 찾기 시작했지만, 손발이 묶여버린 아들은 머리를 삭발하고 어머니 소식만을 기다리며 고통의 시간을 견디고 있었다.

2006년 7월 31일, 밤새 잠들지 못하다 새벽녘에 겨우 잠이 들었다. 잠결에 노크 소리를 들었다. 문득, 엄마가 기숙사에 오셨을 때마다 늘 노크를 두 번 하고 조심히 방문을 열며 이름을 부르시던 기억이 떠올랐다. 순간 정신이 맑아졌다.

'아, 모든 게 꿈이었구나!'

하지만, 문은 열리지 않았고, 아무런 기척도 없었다. 혼란스러운 마음으로, 몸을 뒤척이던 그때, 전화벨이 울렸다. 지칠 대로 지친 메마른 음성의 동생이었다.

"형, 엄마 찾았어…."

"어디서?"

"어제 파던 나무 있잖아? 그 나무 밑에서…."

"……."

"그런데, 엄마 몸이 떨어져 나갔어. 중장비 때문에……."

"엄마 맞아? 알아볼 수 있어? 다른 덴 괜찮아 보여?"

"응, 엄마야…. 근데 머리카락이 하나도 없어…. 옷도 없고……."

"형이 지금 갈게. 구급대원 불러."

몸이 떨리고 정신이 하나도 없었다. 친구와 함께 마을로 들어가는 길이 멀게만 느껴졌다. 엄마를 찾았다는 안도감과 함께 결국 기적은 일어나지 않았다는 좌절감으로 혼란스러웠다. 엄마에게 달려가고 싶었지만 친구가 말렸고, 구급대원에 의해 하얀색 천에 뒤덮여 옮겨지는 엄마를 차 안에 앉아 지켜볼 수밖에 없었다.

염을 할 때 비로소 엄마의 모습을 볼 수 있었다. 머리카락이

다 뽑혀버린 엄마의 얼굴, 한쪽만 남아버린 엄마의 거친 손, 온몸의 멍 자국. 엄마라고 믿기 힘든 몸이 점점 드러나는 걸 보며, 견딜 수 없는 고통이 느껴졌다. '얼마나 아팠을까, 혼자서 얼마나 무서웠을까, 왜 함께 있지 못했나, 나는 도대체 뭘 했나…'

마음속으로 엄마를 수백 번, 수천 번을 부르짖으면서도 눈물 보이지 않으려고 입술을 깨물고 또 깨물었다. 누나들과 동생에게 흐트러지는 모습을 보일 수 없었다. 작은집에서 마을 장을 치렀다. 많은 분이 오셨다. 몸이 불편한 상주를 걱정해주는 문상객들에게 점잖게 인사했다.

"괜찮습니다. 제 걱정 마세요."

그 누구도 대신할 수 없는 엄마를 그렇게 잃었다. 그의 하늘이 무너져 내렸다. 현실을 받아들이기 어려웠고, 살아간다는 것이 허무했다. 의미 없는 생을 마감하고 싶었지만 자살하기도 힘든 저주받은 몸뚱이. 극도의 좌절과 분노로 몸을 떨었다. 하루하루 어떻게 지나가는지도 몰랐다. 똑같은 기숙사, 똑같은 일터에서의 일상이 다시 시작되었지만, 몸만 거기에 둔 것뿐이었다. 온종일 멍하니 있다가 저녁이면 친구들과 술을 마셨다. 술에 취해야지만 잠을 잘 수 있었다. 그의 마음에 차가운 서리가 내렸다. 소중한 엄마를 갑자기, 그렇게 비참하게 앗아가신 하나님을 용서할 수가 없었다. 술과 담배로 몸을 괴롭히며, 세상 모든 것에서 마음을 거두었다.

수해 복구작업이 한창이던 내린천에는 다시 사람들이 모여들기 시작했다. 래프팅을 즐기기 위해서였다. 매일 그 앞을 지나던 그는 엄청난 괴리감을 느껴야 했다. 모두가 아픔을 겪고 있는 이곳에 누군가는 즐기러 온다니.

'그래. 저 사람들은 아무 상관이 없지…'

쓸쓸한 미소만 지을 뿐이었다.

그러던 어느 날, 눈에 띄는 사람들이 보였다. 노란색 미니버스 뒷문이 열리더니 휠체어를 탄 사람들이 내리고 있었다. 처음 보는 리프트 버스, 즐거운 표정의 장애인들.

'놀러 온 건가…'

왁자지껄 그들의 소란을 뒤로하고 그렇게 스쳐 지나갔다.

바로 그 일행 속에 내가 있었다. 인제 내린천 래프팅 여행을 몇 개월 전부터 준비했는데 수해 소식을 접하게 되었다. 아쉽지만 취소해야겠다고 생각했는데, 관광객이 없어 지역 경제가 무너지고 있다며 찾아와달라는 인터뷰를 보고 다시 생각이 바뀌었다. 그래서 예정대로 떠났고 그날 난 거기에 있었다.

우리가 그때 그렇게 스쳐 지나갔음을 훗날 알게 되었다.

호떡집 딸

'대체 무얼 해 먹고 살아야 하나….'

1985년 겨울, 공사 현장에서 일당을 받아 터덜터덜 집으로 돌아가던 한 중년 남자의 눈앞에 어디서 시작된 것인지 모를 긴 줄이 보였다. 시작 지점을 따라가 보니 다름 아닌 호떡집이었다. '호떡집에 불난다더니, 대체 얼마나 맛있길래?' 차례를 기다렸다가 맛본 호떡은 정말 맛있었다. 당시 두 개에 오십 원 하던 호떡을 한 개에 백 원이나 주고 사 먹는데도 돈이 전혀 아깝지 않은 맛, 지금은 흔하디흔한 기름에 튀긴 호떡이었다.

'이거다!'

손님이 뜸해진 시간까지 기다렸다가 주인 할아버지께 비법을 가르쳐 달라며 무릎을 꿇고 사정했다. 하지만 어림도 없었다. 지금까지 많은 사람이 비법 전수를 해달라며 찾아왔지만 다 헛걸음이 있다. 삼고초려(三顧草廬). 며칠간 아침부터 밤까지 옆에서 기웃거리며 무거운 짐 날라주고 불쌍한 표정 짓고 서 있는 사십 대의 남자에게 할아버지는 마음을 열었다. 호떡 반죽 비법부터 장비와 재료는 어디에서 사야 하는지, 하나하나 일러주었다. 근처에서는 장사하지 않겠다는 조건이었다. 빚을 내어 리어카와 장비를 마련하고 여기저기 장사 터를 알아보며 호떡 장사를 시작했다. 제법 장사도 잘 되어, 6개월 만에 빚도 갚고 방 한 칸짜리에서 세 칸짜리로 이사도 했다.

뭘 해도 안 되는 불운의 사나이. 그건 바로 우리 아빠였다. 1979년, 강릉중앙시장에서 닭집을 했었다. 좀 더 판을 키워보겠다고 양계장을 시작했다가 부도가 났다. 1985년, 안산 반월공단에서 또 닭집을 차렸지만 다시 망했다. 서울에 사는 목사 친구가 서울에 일자리가 많으니 일단 오라고 해서 무작정 이사를 했다. 막노동을 하다가 호떡 비법을 전수받아 노점상에 호떡집을 차렸다. 계속 장사를 했다면 유명한 호떡 가맹점 회장님이라도 되셨을까? 아빠는 돈 벌 팔자가 못되었다. 그래서 분명 호떡집을 계속했더라도 부자가 되진 못했을 거다.

1987년, 아빠는 마흔여덟의 늦은 나이에 대전이라는 낯선 지역에서 사회복지라는 새로운 일을 시작하셨다. 나로서는 호떡집 딸에서 고아원 총무 딸로 신분 상승이 일어난 듯한 해였다. 그 당시 중1이던 나는 시설에서 함께 생활하며 청소년기를 보내게 되었다.

고등학교 중퇴 학력으로는 정부에서 주는 총무 월급을 받을 수 없었기에, 아빠는 우선 검정고시부터 치러야 했다. 그해 최고령 합격자로 지역신문에도 실렸고, 얼마 후에는 사회복지사 자격도 취득하셨다. 백 명의 아이가 자라 노인이 될 때까지 깃들 수 있기를 바라는 마음으로 여러 날 고심 끝에 고아원스럽지 않은 〈평화의마을〉이라는 이름을 새로 지으셨다.

"너희 둘은 반찬이 똑같네!"

떠들썩한 점심시간, 반 친구가 지나가며 던진 말에 우린 화들짝 놀랐다. 일 년 내내 같은 반찬일테니, K와 나는 대책을 세워야 했다. 다음 날은 점심시간이 되자마자 도시락을 가지고 운동장 벤치로 나왔다. 다른 반이면서 반찬이 같은 친구가 두 명 더 있었다. 매일 아침, 선생님들이 식당에서 도시락 싸는 시간에 손을 써야 했다. 반찬이 콩자반이랑 무말랭이일 경우, 나의 반찬통엔 콩자반만, K의 반찬통엔 무말랭이만 싸는 것이다. 하지만 똑같이 생긴 양은 도시락에 똑같은 정부미 쌀. 잔머리가 소용없음을 뒤늦게 깨달았다. 얼마 못 가 우리가 한집에서 산다는 것을 우리 반 전체가 알게 되었다.

"반장! 쟤네 둘은 고아원 사니까 학급비 걷지 마!"

친절한 담임선생님의 배려 덕분에.

평화의마을에는 사춘기에 들어선 또래 친구가 다섯 명 있었다. 그중 가장 조용한 성격의 K와 한 반이 되었다. K는 한 번도 나를 감정적으로 대한 적이 없었다. 감정이 뒤죽박죽 널뛰기하던 또래의 친구들이 나를 들쑤시는 동안 K는 늘 일정한 온도로 대했다. 언니들과 친했던 K 덕분에 무섭기만 했던 언니들과도 점차 친해질 수 있었다. 고3 여름방학, 혹은 그보다 더 이른 시기부터 친구들은 퇴소생(보호종료아동)이라는 이름으로 하나둘씩 떠났다. 가장 마지막까지 남은 게 K였고 우린 더욱 친밀해졌다. 퇴소한 후 일찌감치 결혼한 K가 임신하여 아이를 출산할 때에도 그녀 곁에는 내가 있었다. 정신 없는 이십 대를 보내던 내 곁에는 늘 K가 있었다.

아빠는 단체생활의 질서유지 명목으로 단체 기합을 주셨다. 누군가의 돈이나 물건이 없어졌을 때, 애들끼리 싸웠을 때, 그때마다 우리는 자주 약 2km 거리를 왕복으로, 전속력으로 달려야 했다. 오빠들은 남자아이들의 군기를 잡고, 언니들은 여자아이들의 군기를 잡던, 그런 시기였다. 나는 욕먹기 싫어서 항상 단체 기합에

제일 먼저, 제일 앞에 섰다. 그때는 맞는 거보다 욕먹는 게 더 힘들고 상처였다. 총무 딸이라고 봐준다는 소리만큼은 절대로 듣고 싶지 않았다.

한두 해가 지나서야, 아빠는 이 방법이 틀렸다고 생각하셨나 보다. 그때부터 평화의마을에 조금은 진짜 평화가 찾아온 것 같다. 늘 주눅이 들어있던 나도 큰언니 대열에 들어가면서 슬슬 어깨가 펴지기 시작했다. 한 달에 한 번 유명 인사를 초대해 강연을 듣기도 하고, 등산, 태권도, 합창단, 사물놀이, 바이올린 등 다양한 프로그램이 생겼다. 여름방학에는 7박 8일 전국 여행, 겨울방학에는 가정 체험이나 직업 체험을 하고, 꽃동네, 소록도로 봉사활동도 다녔다. 명절에는 치열했던 장기 자랑과 전국 말타기 대회도 열렸다. 하루하루가 시끌벅적하고 재미있던 시절이었다. 내가 일반 가정집 자녀(우리끼리 '깬집 애들'이라고 표현했다)였다면, 여전히 호떡집 딸이었다면 이런 많은 경험을 할 수 없었을 것이다.

백 명의 형제가 있는 내 앞에서 누가 형제 많은 자랑을 할 수 있을까. 만 삼 세부터 고등학생 시절까지 함께 했던 우리는 지금까지 서로서로 얽혀져 인연의 끈을 놓지 않고 있다.

눈물겨운 사춘기 시절이기도 했지만, 가난에 허덕이던 호떡집 딸에서, 감사하게도 월급쟁이 사회복지사의 딸로서 살게 되었고 그 덕에 온 나라가 절망에 빠졌던 IMF도 무사히 넘겼다. 자연스럽게 부모님을 따라 오빠들을 따라 나 역시 사회복지사가 되었다.

장애인만
보였다

국민학교 시절, 옆집 살던 단짝 친구는 다섯 살 때 연탄불에 화상을 입어 오른손이 오그라들었다. 왼손으로 글씨도 또박또박 쓰고 얼굴도 예쁘고 노래도 잘하고 성격도 좋던 그 아이는 반에서 꽤 인기가 있었다. 어느 국어 시간에 그 친구가 글짓기 발표를 했다. 자신의 화상 입은 오른손에 관한 내용이었다. 왼손으로도 글씨 잘 쓴다는 칭찬도 하지 말고 자기 손을 신기하게 쳐다보지도 말아 달라며 엉엉 울었다. 늘 당당하던 친구의 그런 모습에 놀란 나를 포함한 반 아이들 대부분이 미안하다고 하며 함께 눈물을 흘렸었다.

뇌성마비로 다리에 보조기를 차는 친구가 전학을 왔다. 선생님이 시켜서 그 친구 가방을 메주고 집까지 몇 번 데려다줬다. 어느 날, 그 친구가 도와주려던 나를 때렸다. 팔의 강직 때문이었는지 아니면 정말 때릴 의도였는지는 모르지만, 그때부터 친구가 무서워져 멀리했다.

휠체어를 사용하는 장애인을 처음 만난 것은, 고2 여름방학 때 소록도에서였다. 1981년부터 매년 소록도 단체 봉사활동을 진행하던 서울의 '한벗회'라는 봉사단체에 합류해 난생처음 소록도에 가게 되었다. 한센병으로 인해 손발이 절단된 분들이 대부분이었는데, 그들 가운데에서 이상한 기계를 타고 다니는 아저씨를 만났다. 전동 휠체어였다. 몽당손으로 조이스틱을 조작해 자유롭게 움직이는 아저씨의 모습이 마냥 신기했었다.

고3 때는 음성 꽃동네에 갔었다. 휠체어에 앉은 몇 명을 제외하곤 대부분 바닥에 누워있었고 그들 사이를 위험천만하게 뛰놀던 발달장애인들. 그렇게 많은 장애인을 본 것도 처음인데, 남몰래 숨을 참게 만드는 오래된 몸 냄새와 애원하는 듯한 수많은 눈빛 속에서 어찌할 바를 모르고 있다가, 언어장애가 심한 뇌성마비 장애인 아저씨와 어설프게 대화도 해보고, 몇몇 아이들에게 밥을 먹여주고, 누워서만 생활하는 할아버지의 목욕도 도왔다. 어린 나에게 있어 장애인은 그저 불쌍하고 도와줘야 하는 무성적인 존재로 각인되어 버렸다.

서산의 복지관에서 첫 사회복지사 시절을 보냈다. 타지 생활에 외롭고 힘들었던 그때, 각별한 친구가 생겼다. 그도 전동 휠체어를 타고 다녔다. 가족과 함께 치킨집을 운영하고 있었는데 그는 전동 휠체어로 배달하러 다녔었다. 복지관 근처에 배달을 오면 휠체어 배터리가 바닥이 났다며 충전을 핑계 삼아 내 옆에 앉아서 이런저런 얘기를 나누곤 했었다. 얘기가 길어질 때면 그의 집까지 걸어 바래다주고 버스를 타고 돌아오기도 했다. 그는 '장애인'이란 말 대신 '아픈 사람들'이란 표현을 썼는데 그 말이 왠지 정감 있게 느껴졌었다. 비슷한 또래라 말도 잘 통했고 그때까지 만난 장애인 중에서 경제활동을 하던 유일한 사람이기도 했다. 1년 만에 다시 대전으로 이직을 한 후에도 오랫동안 종종 연락하며 지냈었다. 그는 자신이 남자임을 수없이 어필했었지만 내겐 남자가 아닌 그저 친구였다.

대전의 복지관에서 근무하면서도 많은 장애인을 만났었다. 반찬을 배달하고 후원 금품을 전달하고, 때로는 집에 방문해서 말벗이 되기도 했다. 자원봉사자를 연결해주기도 하고 관광버스로 나들이를 가기도 했다. 저마다의 사연에 대해서도 서로 알게 되고 가깝게 지내는 이들도 있었지만, 딱 거기까지였다. 사회복지사와 클라이언트(Client, 고객) 관계.

TV 다큐멘터리, 모금방송에 출연하는 장애인 부부나, 주변에 장애인과 결혼한 비장애인을 보면 대단하다고 생각하면서도 한편으로는 이해가 되지 않았다. 왜 굳이 힘든 길을 택했을까, 그까짓 사랑이 뭐라고.

'사랑이 밥 먹여주나, 그 사랑이 끝나면 어쩔 건데?'

내게는 결말이 뻔히 보이는 듯했었다. 그런 나였다.

2005년, 아빠의 오랜 지인이신 백 선생님이 우리 집에 하루 묵어가셨다. 선생님이 운영하시는 단체에서 마침 경력자를 구하고 있었다며 함께 일하자고 하셨다. 잘 다니던 복지관을 그만둔 후 2년 동안이나 백수로 지내고 있었기에 망설임 없이 상경했다. 장애인 콜택시, 활동지원 제도, 보조공학기기, 장애인 여행의 선구 역할을 한 한벗재단이었다. 소록도에 나를 데려가 주었던 자원봉사 자단체 한벗회가 장애인 전문기관으로 자리를 잡아 가며 사회복지법인을 준비하던 때였다.

당시 한벗재단은 많은 장애인으로 북적였다. 전문 미용사들이 파마와 커트를 해주는 미용실과 천 원으로 점심을 푸짐하게 먹을 수 있는 식당도 운영했고, 웹디자인, 글쓰기, 리더십, 메이크업, 건강강좌가 열렸다. 매년 제주도 여행도 떠났다. 한벗 직원들은 장애인 회원에게 존칭을 쓰지 않고 형, 누나, 오빠, 언니로 불렀다. 장애인 회원들도 자신보다 어린 직원에게는 편하게 이름을 불렀다. 어색한 호칭이었지만 나도 곧 그런 분위기에 스며들며 소중한 인연들을 맺기 시작했다. 그때 내 눈에는 휠체어를 타고 있는 장애인만 보였다.

바닥에서 생활하던 장애인이 50cm 높이의 휠체어에 올라앉는 순간, 수직의 세상이 수평으로 펼쳐지며 세상을 보는 눈이 달라진다. 전동 휠체어가 건강보험 지원 품목에 추가된 2005년부터는 많은 장애인이 수동 휠체어에서 전동 휠체어로 바꿔 타기 시작했다. 늘 누군가 밀어줘야 하는 수동 휠체어에서 간단한 조이스틱 조작만으로도 스스로 자유롭게 움직일 수 있는 전동 휠체어로 옮겨 타게 되며 장애인들의 자존감에 더욱 탄력이 붙었으리라 생각된다.

한벗재단 게스트룸에서 자립생활 체험을 하던 언니와 1년 정도 함께 생활했었다. 뇌성마비로 인한 강직 때문에 양손 사용에 어려움이 있어, 발로 밥을 먹고 머리도 빗고 옷도 갈아입었다. 수년전 휠체어가 없던 언니에게 발로 생활하는 모습을 카메라에 담게해주면 휠체어를 선물하겠다는 작가가 있었지만, 언니는 일언지하거절했다고 했다. 휠체어가 절실했지만, 자존심과 맞바꿀 수 없었다고 했다. 언니는 얼마 후 발로 운전할 수 있는 전동 휠체어를 한벗에서 지원받았고, 집을 나와 자립생활을 시작했다. 언니와 함께 아웅디웅 지낸 시간 동안 장애에 대한 내 세계관도 점차 확장되었다.

그 당시만 해도 지방과 서울의 장애인복지제도는 엄청난 격차가 있었다. 서울은 이미 장애인 콜택시, 활동지원 제도가 시작되고 있었다. 서울에서 만난 장애인들은 이미 차별받지 않을 권리를 스스로 말하고 있었다. 그들의 사상은 이미 비장애인들의 인식 수준을 넘어, 시대를 앞서 저만치 나아가고 있었다.

그 차이를 좁혀가는 과정에서 만난 장애인 오빠, 언니, 친구들이 나를 울고 웃게 하던 시절, 저 밑바닥 수준에 있던 나를 일깨워주던 시절, 바로 그때 그와 만나게 되었다.

난 네게
반했어

사람 많은 설명회장이었다. 지루한 사업설명이 끝나고 마지막 질의응답 시간이 되었다. 한 남성이 마이크를 넘겨받아 질문을 했다. 귀를 쫑긋하게 만드는, 맑고 또랑또랑한 목소리였다.

'오, 목소리 좋은데?'

이틀 후에 있을 행사 준비 때문에 마음이 바빴기에 서둘러 돌아갈 채비를 하고 있었다. 그런데 잠시 후 그 목소리가 등 뒤에서 들렸다. 뒤돌아보니, 뒷좌석의 사람들과 얘기를 나누고 있었다. 그 남자는 전동 휠체어를 타고 있었다. 깔끔한 정장 차림에 짧은 머리를 멋스럽게 올려세운 그는, 위아래로 훑어보는 나를 보며 '왜 날 쳐다보지?' 하는 듯 당황해하는 표정이었다. 그것이 그와의 첫 만남이었다.

'오호~ 근사한데? 그렇지만 오늘은 바쁘니까 그냥 가야겠다.

이쪽 일을 하는 것 같으니, 어디선가 곧 다시 만나게 되겠지.'

혼자 속으로 말하며 아쉬운 마음을 접고는 짐을 챙겨 바삐 빠져나왔다.

이틀 후, 그 남자가 내 눈앞에 다시 나타났다. 우리 재단에서 마련한 일본 근육 장애인 초청 간담회가 막 시작되려던 참이었다. 마치 드라마의 한 장면처럼 엘리베이터 문이 열리며 등장하는 그의 얼굴 뒤로 후광이 비추었고, 놀란 마음에 나도 모르게 소리쳤다.

"으아악! 나 당신 알아요!"

그는 자신을 향해 비명을 지르는 나를 보며 화들짝 놀랐다.

"저 아세요?"

"엊그제 장애인재단 사업설명회 왔었죠? 거기서 봤어요!"

그날 급하게 자리를 뜬 것을 내내 후회했던지라 당황한 표정의 그에게 다짜고짜 명함부터 내놓으라고 했다. 대뜸 나이도 물었다. 네 살이나 어렸다. 사는 곳을 물으니 강원도 인제라고 했다. 나이도 너무 어리고, 집도 멀다. 그쯤 해둬야 했다.

그러나 모든 신경이 온통 그에게 쏠렸다. 간담회 내내 계속해서 그 남자를 살폈다. 행사 마지막 순서로 단체 사진을 찍을 때, 뻘쭘해 하는 그를 불러 휠체어 탄 다른 참석자들과 함께 앞쪽에 서도록 자리 정돈을 해주고는 슬쩍 그의 뒤에 가서 섰다. 왠지 모를 설렘이 가슴을 가득 채웠다.

다음 날, 행사 사진을 메일로 받고 싶다며 그에게서 전화가 왔다. 우리 홈페이지에 행사 후기도 올리는 센스까지 갖춘 그에게 감사 인사를 전하고 메일 주소를 다시 받았다. 네이트였다. 즉시 그의 싸이월드 미니홈피를 둘러보기 시작했다. 그가 얼마 전 어머니를 수해로 여의었다는 사실을 알게 됐다.

'이런 아픔이 있었구나……'

위로의 댓글을 남긴 후, 나만의 탐색전이 본격적으로 시작됐다. 채팅을 하며 8월에 떠났던 래프팅 일행을 봤다는 얘기도 들었다. 점점 흥미로워졌다. 그런데 가만 생각해보니, 그의 관심이 내가 아닌 다른 직원에게 있을 수도 있겠다는 생각이 들었다.

며칠 후, 또 그에게서 연락이 왔다. 친구와 서울에 올 일이 있다며 휠체어로 진입할 수 있는 숙소를 아는지 물었다. 그러면서 저녁 식사를 같이 할 수 있냐고 물었다. 다른 직원의 이름을 대며 혹시 같이 나올 수 있냐고도 물었다.

'그럼 그렇지……'

그런데 막상 저녁 식사를 하는 내내 대화 상대는 나였다. 술 한 잔 기울이며 서로의 마음을 알아차렸다.

지난여름, 인제 수해 소식이 매스컴에 연일 보도되면서 전국에서 도움의 손길이 계속되었다. 그의 작은부모님은 "이제 우리는 너희를 자식으로 여길테니 너희도 우리를 부모라고 생각해"라고 하셨다. 작은아버지의 도움으로 편의시설을 갖춘 새집을 지은 후 기숙사를 떠나 새집에서 살기 시작했다. 수재의연금과 후원금으로 휠체어를 실을 수 있는 개인 차량도 마련해 이동의 자유로움을 얻었지만, 그 대가가 어머니를 잃은 값이라 생각할 때마다 그의 가슴이 미어졌다. 집도, 차도 생겼지만, 어머니를 잃은 상실감은 무엇으로도 채워지지 않았다.

삭발했던 머리카락이 돋아나던 어느 날, '계속 이대로 살면 안 되겠다, 뭐라도 하자!'라는 생각이 들었고, 마침 서울에서 열리는 한국장애인재단 지원사업 설명회에 참석하게 되었다. 멀리 인제까지 조문 와주었던 근육장애인협회 임원들이 보이길래 감사한 마음을 전하려던 참에 그분들이 간담회 행사를 알려주며 꼭 참석하라고 했다. 우리의 만남은 그렇게 우연과 우연이 이어진 것이었다.

그날 전동 휠체어에 앉은 그가 왜 그렇게 근사해 보였을까? 알다가도 모를 일이다. 그도 자신에게 적극적으로 관심을 표현하는 내가 싫지 않았단다. 그리고 속으로 생각했단다.

'저 여자가 나한테 마음이 있다면, 사진 찍을 때 분명 나를 챙길 것이고, 내 옆으로 올 것이다.'

아나나 다를까 나는 그의 뒤에 섰고, 다음 날부터 그는 바빠지기 시작했다. 머리를 굴리다가 행사 사진을 핑계로 전화를 한 것이었고, 일부러 다시 이메일 주소를 알려줬다.

'이제 곧 그녀는 나의 싸이월드를 살필 것이다.'

난 그의 각본대로 움직였고 그는 다음 작전을 개시했다. 연이은 서울행에 구시렁대는 친구를 위해 그의 이상형인 직원과의 만남도 주선해주기로 한 것이다. 모든 것은 그의 치밀한 두뇌 회전의 결과였다.

우리는 매일매일 전화 통화와 화상 채팅을 했고, 그는 일주일에 한 번 서울에 왔다. 서울에 오기 위해서는 어쩔 수 없이 운전해주는 친구를 늘 대동해야 했다. 다행히 친구는 엄마 잃고 정신 놓았던 그를 위해 투덜대면서도 따라나섰다. 내 앞에 그를 데려다 놓고는 스윽 사라졌다가 집에 돌아갈 때쯤 다시 나타났다. 우리는 수많은 얘기를 나누었다. 시간이 지날수록 보통 인연이 아니라는 생각이 들었다.

'그래, 이건 운명이야!'

그에게 한없이 빠져들었다. 그러나 그는 나에게 적절한 거리를 두는 것 같았다. 어떤 때는 나를 엄청나게 좋아하는 것 같은데, 어떤 때는 나에게 아쉬운 것 하나 없는 듯 행동한다.

'이 남자, 뭐지?'

그해 12월, 크리스마스가 다가올수록 옆구리가 시려지는 외로운 솔로들의 심장에 불을 지펴줄 '미혼 장애인 일일 데이트' 행사 준비에 박차를 가하고 있었다. 벌써 두 번이나 큰 호응을 얻었던 행사였고 이번에도 참가 문의가 많았다. 행사장을 풍선아트로 예쁘게 꾸미고, 전문 헤어디자이너 팀을 초빙해 화사한 메이크업과 함께 멋진 헤어스타일링도 해준다. 커플들을 위해 사전에 준비해 놓은 휠체어 데이트 코스 지도 또한 제공한다.

설레는 마음으로 행사에 참가한 남녀 장애인 스무 명, 비장애인 스무 명이 자기소개 후 레크리에이션도 하고 초청공연도 보며 서로를 살핀다. 마음에 드는 상대를 1순위, 2순위로 적어내고, 매칭을 해 커플이 되면 둘만의 데이트가 시작된다. 마무리는 다 같이 한자리에 모여 파티를 즐길 수 있도록 준비했다. 이후 애프터는 그들 몫이다. 나와 썸을 타던 이 남자를 떠보기 위해 행사에 참여해 볼 테냐고 슬쩍 물었더니 후회하지 않겠냐면서 덥석 나가겠다고 했다. 괘씸했지만, 물어본 내 잘못이었다.

2006년 12월 23일 토요일. 아침부터 부산을 떨며 준비한 일일 데이트 행사장으로, 한껏 멋을 부린 그가 들어왔다. 속으로 이를 갈면서도 모른 척하며 접수하고 자리를 안내했다. 사회자의 노련한 진행으로 1부 순서가 끝이 나고 드디어 마음에 드는 상대를 적어내는 커플 매칭의 시간이 되었다. 참가자들이 적어낸 쪽지들을 거두어 진행요원들과 함께 펼치기 시작했다. 한 장 한 장 펼치던 내 손은 떨리기 시작했다. 모든 여성 참가자에게 1순위로 선택받은 그 남자. 그럼 이 남자는 누굴 적었을까? 역시 모든 남성 참가자들이 1순위로 적은 그녀의 이름이 적혀 있었다. 그렇게 둘이 커플이 되었다. 데이트를 떠나는 그의 입이 귀에 걸린 것을 보았다.

뒤풀이 파티를 준비하며 속이 타들어 가고 있는 나를 발견했다. 한 팀, 두 팀 커플들이 돌아오기 시작했고, 그들이 가장 늦게 도착했다. 커플 게임에도 적극적이고, 얼굴에서 웃음이 떠나질 않았다. 저녁 식사를 하고 술자리가 이어지며 점점 파티 분위기가 무르익어 갔다. 그 시간 동안 그들 커플을 지켜보던 내 속도 하얗게 타버렸다. 행사가 끝날 무렵, 살짝 나에게 와서 애프터 신청까지 받았다며 자랑하는 그를 보고서야 깨달았다.

'내가 내 발등을 찍었구나. 이 남자가 내 눈에만 빛나 보이는 게 아니구나.'

왈칵, 눈물이 터졌다. 다른 여자 만나지 말라며 그 남자 앞에서 굴욕적으로 울어버리고 말았다. 알고 보니 그는 이 모든 상황을 예상했다고 한다. 그제야 깨달았다.

'이 남자, 밀당의 고수다!'

결혼 허락받기
대작전

2007년 1월 1일. 그 해의 일출을 우리는 함께 맞이했다. 2박 3일 동안 내가 좋아하는 동해안을 함께 다니며 둘만의 시간을 보냈다. 그는 오래전부터 이미 내 것이었던 것 같았다. 잠시도 떨어지기 싫었다. 그 역시 조수석에 앉아 내 손을 꼭 붙잡고 있었다.

그가 웃을 때 치아가 다 드러나는 것이 너무 좋았다. 안경 너머로 보이는 그의 눈매가 좋았다. 내 눈을 똑바로 응시하는 그의 눈동자가 좋았다. 그의 넉넉한 체격이 좋았다. 그의 머리에서 나는 헤어 제품 냄새도 좋았다. 전동 휠체어를 타는 것까지도. 모든 것이 좋았다. 이런 걸 보고 눈에 콩깍지가 씌었다고 하는 건가.

그는 돌아가기 전에 작은부모님 댁에 들르자고 했다. 갑자기 얼굴빛이 훤해지고 주말마다 서울을 가는 조카에게 분명 여자가 생긴 것이라 여긴 작은부모님이 나의 존재를 계속 궁금해하시며 부담 없이 밥 한 끼 먹고 가라셨다고 했다. 망설여졌지만 그냥 가는 건 예의가 아닌 것 같아 그가 사는 마을로 들어섰다.

지난여름, 수해가 휩쓸고 간 산골 마을이 눈앞에 펼쳐졌다. 아직 복구 중인 도로는 흙먼지가 날렸고, 곳곳에 새로 짓는 집들도 보였다. 물줄기가 바뀌어버린 하천 둑을 재정비하느라 수시로 지나다니는 공사 차량 때문에 어수선한 분위기였다. 그래도 설악산 줄기가 뻗어내려 산세 좋은 마을 풍경이 왠지 푸근하고 익숙하게 느껴졌다.

작은부모님을 만나 뵙기 전에 그의 부모님께 먼저 인사를 드리기로 했다. 두 분을 모신 묘소 앞에 서니 사뭇 진지해졌다. 그리고 어느새 마음속으로 '이 사람, 제가 좋아해도 되죠? 제가 잘 대해줄게요'라고 다짐하고 있었다.

동생과 사는 그의 집은 작은부모님 댁 바로 옆에 있었다. 졸지에 집을 잃은 형제를 위해 작은부모님이 마당 한 켠을 내주시고 집을 지어주셨다고 했다. 반갑게 맞아주신 작은부모님은 이런저런 질문 끝에, 나이가 있는데 결혼해야 하지 않겠냐고 하셨다. 둘 다 당황해서 아직 결혼 생각은 안 해봤다고 하니, 지금부터 생각해보라고 하셨다. 모아놓은 돈도 없다고 하니, 둘이 좋으면 됐지, 문제 될 게 뭐 있냐고, 빨리 마음을 정하고 만나는 게 좋지 않겠냐고 하셨다. 조심스럽게 말씀하셨지만, 너무나 무게 있게 느껴졌다. 인사드리고 나오는 길에 우리의 결혼식 장면을 상상해보았다. 그전까지 내가 상상했던 결혼식은 눈물 젖은 슬픈 결혼식이었는데 이 남자와의 결혼식을 떠올리니 너무나 행복할 것 같아 웃음이 났다. 내가 물었다.

"우리, 결혼할까?"

그때부터 그와 결혼하기로 마음먹었다. 만난 지 두 달도 채 되지 않은 때였다.

'결혼이라니…'

그는 걱정부터 앞섰다. 이제 스물아홉. 가진 것도 없고, 평생 휠체어를 타야 하기에, 결혼에 대해 단 한 번도 생각해 본 적이 없었다. 제 인생도 어찌 될지 모르면서 다른 이의 인생을 힘들게 하고 싶지 않아서였다. 결혼하면 안 되는 인생이라고 확신했었는데, 어쩐지 자꾸만 이 여자와 결혼하고 싶다는 생각이 밀려들고 있었다.

고민이 깊어지면서 그간 발길을 끊었던 교회가 떠올랐다. 그동안 계속 전화하고 문자 보내고 찾아오셨던 목사님과 사모님을 매몰차게 거절했던 지난날이 떠올라 민망했지만 그래도 이 중대한 일을 꼭 상의하고 싶었다.

몇 달 만에 만난 목사님은 대뜸, "하나님이 보내주신 자매다. 이삭이 모친 상사 후에 리브가로 인해 위로를 얻은 것처럼 하나님이 형제를 위로할 리브가를 보내주신 거니, 아무 걱정하지 말고 결혼해라, 모든 일은 하나님이 다 해결해주신다"라고 하셨단다.

마침, 교회 수양회가 다가오고 있었다. 그는 결혼 전에 먼저 하나님 앞에 다시 서야 한다고 했다. 나 역시, 하나님과의 관계 회복이 필요한 시점이었다. 휴가를 내고 함께 수양회에 참석했다. 다시 한번 결혼을 확신하는 시간이었다.

외할머니 대부터 모태신앙이었던 나는, 어렸을 때 당연하게 다녔던 교회와 성인이 되면서부터 이런저런 평계를 대며 점점 멀어지고 있었다. 그는 교회에 다닌 지 불과 3~4년밖에 되지 않았는데 30여 년을 다닌 나보다 신앙심이 깊고, 성경을 깊이 있게 이해하고 있었다. 엄마는 늘 "네 신랑감은 신앙 있는 사람이면 돼!"라고 해오셨고, 그래서 엄마의 사윗감으로 제격이라고 생각했다. 망설일 이유가 없었다.

30년 인생, 처음으로 중대하고 시급한 목표가 생겼다. 그와의 결혼을 위해 이제 우리 가족을 공략할 차례였고, 사전에 작전이 필요했다.

1. 우리 부모님과 자연스럽게 대면한다.

2. 큰오빠에게 먼저 그를 소개한다. 1차 아군으로 만든다.

3. 작은오빠에게 그를 소개한다. 당연히 찬성할 것이다.

4. 아군돌을 등에 업고 엄마한테 먼저 허락을 받는다. 쉽진 않을 것이다.

5. 엄마의 허락을 받으면 아빠는 쉽다.

6. 모두의 축복 속에 결혼한다.

먼저 우리 부모님과 만났다. 음식점에서 만나 인사를 드리고 함께 식사했다. 우리 재단 장애인 회원인데 대전에 볼일이 있다고 해서 엄마 아빠도 만날 겸, 같이 왔다고 했다. 자연스러웠다. 엄마, 아빠는 오랜만에 만난 딸이라 반가운 마음에 그저 좋아하셨다. 그는 안 그래도 근력이 없는데 많이 긴장해서인지 밥숟가락을 제대로 들지 못했다. 엄마는 그를 측은한 눈으로 바라보셨다.

"큰오빠, 남자친구를 소개해주고 싶으니까 밥 좀 사줘!"

그다음 주에 만난 큰오빠는 휠체어를 탄 남자와 함께 식당에 들어서는 동생을 보고 잠깐 당황한 듯했으나 이내 미소로 맞아주었다.

"이 사람이랑 결혼할 건데 큰오빠한테 제일 먼저 소개하는 거야, 그러니 잘 부탁해!"

그는 많이 긴장했지만 담담하게 얘기를 나누었다. 돌아오는 길, 큰오빠에게서 문자메시지가 왔다.

'역시 씩씩한 내 동생, 오빠는 널 응원한다!'

다음은 작은오빠네 집. 이미 큰오빠의 응원을 받은 후였고, 작은오빠는 무조건 내 편일 거라 귀띔해주어 조금은 더 편안하게 대화를 나눈 것이 오히려 마이너스였던가. 결혼하고 싶은 여자의 오빠인데 너무 어려워하지 않는 거 아니냐고 전화로 한 소리 했다. 그래도 뭐, 말리기엔 이미 늦었다. 그런 당당함에 내가 반한 거라고 오히려 큰소리쳤다.

가장 높은 고개가 될 엄마 순서. 아빠는 해외연수를 떠나셨고 엄마만 집에 계신 때를 노렸다. 이번에는 나 혼자였다. 지난번에 같이 식사했던 남자랑 결혼하고 싶다고 말씀드렸다. 엄마의 표정이 급격히 어두워졌다.

"아니, 밥숟가락도 혼자 잘 못 들던데!"

엄마는 한 사람의 장애인과 결혼하지 말고 그냥 지금처럼 많은 장애인을 보살피며 살면 안 되겠냐고 하셨다. 엄마에게 생각하실 시간을 드리겠다고 했다. 엄마가 허락하면 아빠는 찬성하실 게 뻔하니, 엄마만 마음을 정하시면 된다고 말씀드렸다.

그날로 엄마는 몸져누우셨다. 엄마에게 메일도 보내고 계속 전화로 설득했다. 한 달 만에 엄마는 밥숟가락조차 제대로 들지 못하던 그 청년이 계속 마음에 걸려, 반대하던 마음을 조금씩 내려놓기 시작했다.

마지막으로 아빠 차례가 되었다. 세상에서 가장 자랑스럽고 존경하는 우리 아빠는, 당연히 찬성하실 거라 믿었지만, 큰 오산이었다. 가장 높고 넘기 힘든 산이었다.

우리 아빠로 말씀드릴 것 같으면, 젊은 시절 손대는 일마다 망하고, 사십 대 후반이 되어서야 아동복지시설 총무로 시작하여 복지관장, NGO 대표를 지내시며 사회복지사가 천직임을 보여주신 분이다. 대전역 노숙인 중 몸이 불편한 분을 업고 집에 와서 씻기고 새 옷을 입히고 밥을 먹여 다시 데려다주신 적도 많고, 10년 넘게 사람들을 모아 소록도 방문 활동을 해오셨고, 장애인 이동봉사대를 만들어 외출을 돕는 일도 하셨다. 그래서 누구보다도 내 결혼을 지지해주실 것으로 믿었지만, 그런 아빠가 나를 피해 잠적하셨다.

일부러 집에 사람이 많이 모이는 설날, 떡하니 신랑감을 데리고 나타나자, 아빠의 표정은 참으로 복잡미묘했었다. 그 후로 주말에 집에 가면 계속 안 계셨고, 도무지 연락이 되질 않았다. 아빠에게 눈물의 메일을 여러 차례 보냈지만, 반응이 없었다. 애원하는 내용이었다가 원망하는 내용이었다가, 다시 용서해달라는 내용이었다가. 매번 정성을 다해 쓴 기나긴 메일이었지만, '결론은 결혼'이라는 뻔한 내용일 것으로 추정되는 내 메일을 아빠는 열어보지도 않으셨다. 애타는 시간이 이어졌다. 아빠께 시간이 필요하겠다는 생각이 들면서도, 사랑하는 그에게 너무 큰 상처가 될까 나는 그게 더 걱정이었다.

내 딸이 장애인과
결혼한다니

아빠 얼굴을 못 본 지 반년이 되어 가던 어느 날, 아빠가 서울역이라며 만나자고 하셨다. 냉큼 달려가 카페에서 기다리시던 아빠 앞에 마주 앉았다.

"아빠가 마지막으로 묻는다. 너 진짜 후회하지 않을 자신 있냐?"

"아뇨, 저 자신 없는데요."

"뭐라고?"

"아빠, 사람 마음 어떻게 믿고 자신해요. 대신 저는 사람 안 믿고 하나님 믿을 테니까 염려 마세요."

"……."

아빠는 그동안 틈나는 대로 이 사람, 저 사람한테 조언을 구했는데 하나같이 다들 말리더란다. 고생길 훤하니 절대 허락하지 말라고 하더란다. 그런데 단 한 사람 때문에 생각이 바뀌었다고 하셨다. 바로 우리 큰외삼촌. 아빠의 인생 멘토이신 외삼촌께서는 눈을 감고 조용히 말씀하셨다고 한다.

"너희 가정에 오히려 큰 축복이라."

그 말씀이 아빠의 굳었던 마음을 녹였다고 하셨다. 그럼에도 불구하고 한 번 더 내 마음을 확인하고 싶으셨나 보다. 후회하지 않을 자신은 없지만, 하나님을 믿고 결혼하겠다는 내 대답에 오히려 안심되셨던 것일까.

"그래, 그 사람이 너에게, 우리 가족에게 축복이 될 것이라 믿는다."

아빠는 그렇게 얘기하시고 그제야 환한 미소로 손을 흔들며 떠나셨다. 그때의 벅찬 심정은 죽을 때까지 잊을 수 없을 것이다.

아빠께 결혼 승낙을 받았다는 소식에 우리를 응원하던 지인들 모두 안도하며 감격했다. 작은부모님과 가족들의 기쁨은 말해 무엇할까. 그러나 아빠는 마음 한구석이 여전히 불편하셨나 보다. 결혼식을 앞두고 상견례 장소로 향하는 길이었다. 남산 중턱에서 아빠가 갑자기 차를 세우라고 하시더니 차 문을 쾅 닫고는 반대 방향으로 저벅저벅 걸어 내려가셨다. 엄마를 차에 두고, 아빠를 따라 달려갔다. 아빠를 붙잡고 잘못했다며 울기 시작했다. 아빠는 가던 걸음을 멈추고 서울 시내를 내려다보며 숨을 고르셨다.

신랑은 결혼식을 인제에서 하고 싶어했다. 지난해 호우로 인해 아직도 슬픔에 잠겨 있는 고향 사람들에게 기쁘고 행복한 모습을 보여주면 작은 위로가 될 것 같았다. 난 그의 말에 공감했다. 그래서 아빠께 결혼식을 인제에서 하는 것은 어떠냐고 메일을 보냈다.

사랑하는 딸 지명아!

신랑의 작은부모님과의 상견례를 앞두고 보내온 너의 메일을 받고 너의 글 읽으면서 여러 면으로 공감하는 면이 있다. 신랑의 고장 인제에서, 드넓은 초장에서, 그곳 친지들의 정성 속에서. 이곳의 부족함과 대비해 보아도 그렇기는 하다. 그러나 아비는 이미 마음을 굳히고 준비하고 있단다. 화사한 결혼식보담 '뜻'이 담긴, '혼'이 담긴 세상에서 아주 특별한 결혼식으로 내 사랑하는 딸에게 선물하고 싶다.

아빠가 실패하고 안산에서 상계동에서 참담하게 살다가 선배, 친구의 도움으로 그 어려운 아동복지 시설 총무 10년, 대전에서 살아온 지 20년, 평화의마을에서 삼 남매의 가장 소중한 어린 시절을 어려움 속에서 살게 한 속죄와 너희 두 오빠가 기꺼이 치르고 너도 "오빠들같이 평마 마당에서 혼인예식을 하고 싶다"라고 자주 하던 말을 살리고 싶어 그리 결정하지 않았더냐.

아무 걱정마라. 전에 오빠들 결혼식 때의 미숙했던 점을 말끔히 가시게 할게. 언제 좌고우면, 주변 상황에 끌려 살았더냐. 사람은 어떻게 뜻을 세우고 살아가느냐에 달려 있다는 것을 명심해라. 그리고 신부 부모의 뜻을 아주 존중해주는 결혼식이어야 한다는 것에 긴 설명을 않겠다.

하객 대접은 마당 앞뒤 옆마당에 근사한 차일을 치고 산뜻한 식탁이 꽃으로 손님을 맞을 거다. 음식은 국수 잔치라고 국수를 주제로 하되 밥, 생채소, 수육, 과일, 수정과 등을 품위 있게 진설하여 '아주 소박한 밥상'으로 손님들을 흡족히 해드릴 거다. 인제에서 오시는 신랑의 하객들은 불편하지 않게 담장 바로 옆 식당들을 활용해 소홀함 없이 정중히 모시겠다. 식장은 너희 오빠들과 같이 평화의마을 마당에서 '하나님께 고하고 지인들에게 축하받는' 감동의 예배와 풍류의 마당이 되는 축제로 하겠다.

말이 안 되는 것을 세상을 다 가진 것처럼 당당하고 여유롭게 하나님과 살아오면서 받은 지인들에게 표하는 감사의 장으로 내 딸에게 세상에서 아주 특별한 결혼식으로 선물하려 한다.

2007년 9월 4일, 아빠가 딸에게

내가 먼저 오빠들처럼 우리가 자란 평화의마을 마당에서 꼭 결혼식을 하고 싶다고 했고, 이러한 답장을 받고서도 하필 상견례 가는 차 안에서 한 번 더 말씀드려 아빠의 심기를 건드린 것이었다.

우여곡절 끝에 상견례를 갖기로 한 음식점에 도착했다. 우리가 들어서자 새벽부터 먼 길 달려오신 작은부모님이 웃는 얼굴로 정중히 맞이하셨다. 인사를 나누자마자 아빠의 첫마디는, "결혼식은 대전에서 했으면 좋겠습니다"였다. 말이 끝나기도 전에 작은아버지가 대답하셨다. "당연히 대전에서 해야죠."

　굳어져 있던 아빠의 표정이 조금 풀리기 시작했다. 작은어머니는 나를 추켜세우며 입에 침이 마르도록 칭찬하셨고, 작은아버지와 아빠는 이런저런 살아온 얘기들을 나누셨다. 특히 농사짓는 이야기를 하면서부터 아빠의 눈이 반짝이기 시작했다. 나중에 인제 내려오셔서 함께 농사를 지으셔도 좋지 않겠냐는 말씀에 무장해제되신 듯했다. 아빠는 약간의 공터만 있어도 거기에 뭔가를 심는 걸 좋아하셨고, 알고 보니 반년간의 잠수 기간에도 근처의 땅을 무료로 얻어 고구마 농사를 지으셨더랬다. 농사 이야기로 그렇게 훈훈하게 상견례를 마쳤다.

　아빠는 사람들에게 늘 나를 '우리 집 고명딸'이라고 소개하셨다. 아들 많은 집의 외딸이 고명딸인데, 아들 둘밖에 없으면서도 그렇게 하셨다. 작은부모님은 그 고명딸을 귀히 여겨주셨다. 부모 잃고 몸 불편한 장조카를 평생 곁에 두고 보살피려 했던 두 분 앞에 나타난 나를 정말 귀하게 대해주셨다. 작은부모님 덕분에 고명딸과 장조카의 결혼식 준비는 물 흐르듯 순조롭게 진행되었다.

사랑하는 벗에게,

천하의 대 가을에 사랑하는 벗의 가정과 일터에 은총이 가득 내리시기를 기원합니다.

이번엔 지난 1년 동안 맺힌 가정사 이야기를 드립니다. 우리 가족은 긴 숙려의 기간을 모두 가슴을 앓으며 한 해를 보내고 이 가을에 드디어 결혼예식을 올리고자 합니다. '일생을 수행자같이 살아낼 영적인 힘이 네게 있느냐'라는 안타까움에서 이제는 맑은 영혼을 가진 신랑감과 늘 거침없이 당당하던 딸이 많이도 흘린 눈물을 지켜보며 아직도 마음은 편치 않지만, 내일을 기약할 수 없는 불치의 병보다 마음, 영혼의 병이 더 무서움을, 그리고 두 사람이 세상의 편견과 어둠의 장애의 벽을 뛰어넘고 허물어 가며 새로운 희망의 싹을 키워나가리란 믿음을 갖게 되었습니다.

주말의 교통난과 여러 행사들의 중복을 피하여, 그리고 오시기 어려운 분들의 못 오실 핑계거리도 드릴 겸, 딸의 생일인 10월 31일 수요일 평일 낮 12시 30분에 '소박한 예식, 소박한 밥상'으로 잔치를 베풀고자 합니다.

일생을 수행자같이 살다니, 세상의 힘겨운 벽을 허물다니. 그렇게까지 결심하진 않았는데. 수행자같이 살 이유도, 새로운 세상을 열어갈 힘도 나에겐 없는데. 아빠에게 나의 결혼이 이런 의미구나. 청첩장 문구를 보며 깨달았다.

아빠의 메일을 받고 못 오는 분들은 애석한 마음을 담아 답장을 주셨고, 온갖 찬사와 함께 꼭 참석하겠다며 회신을 주신 분이 백여 명 되었다. 멀리 인제 신랑 측에서는 버스 한 대로 오시기로 했다. 그래서 신부 측 삼백 명, 신랑 측 백 명으로 예상했고, 나름 넉넉하게 잔치 음식을 오백 인분 준비했다. 평일이니까 그 정도로 충분할 줄 알았는데, 평일인데도 예상 인원의 몇 배가 되는 하객이 오셨다. 앉은 분들보다 서 있는 분들이 더 많았고, 잔칫집 음식이 순식간에 동이 나버려 배를 곯고 가신 분이 더 많았다. 참으로 죄송하고 민망한 결혼식이 되어버렸다.

세상에서
아주 특별한 결혼식

소박한 웨딩장식으로 꾸며진 평화의마을 마당. 주위를 둘러싸고 오랜 세월 자라난 노란 은행나무와 빨간 단풍나무가 아름드리 장식을 더 했고, 신부인 내가 호언장담했던 대로 청명한 가을 날씨였다. 주례석 뒤로는 아빠의 뜻대로 '세상에서 아주 특별한 결혼식'이라고 적힌 커다란 현수막이 걸려 있었다.

오십 대 초반부터 이미 평화의마을 퇴소생들의 혼주석에 앉아본 경험이 많은 부모님은 혼주석에 앉으시는 게 익숙해보이셨고, 이제는 정말 마음을 비우신 듯 편안한 얼굴이셨다. 결혼식은 자식 잔치가 아니라 부모 잔치라더니, 평소 소원이던 한복 두루마기를 차려입은 아빠와 연분홍 한복을 곱게 입은 엄마는 손님맞이에 분주하셨다. 이 마당의 주인이었던 평화의마을 식구들은 하객들에게 자리를 내어주고 병풍처럼 제일 뒤에 모여 버티고 서서 시종일관 잔치 분위기를 북돋아 주었다.

이윽고, 휠체어에 앉은 신랑이 입장했다. 은갈치 색 예복을 점잖게 차려입고 당당하게 입장하는 신랑을 보며 하객 모두 인물이 훤하다며 환호와 박수갈채를 보냈다. 결혼식의 주인공이 신부가 아니라 신랑인 것 같았다.

신랑은 결혼식에 많은 장애인이 함께하길 원했다. 청첩장을 받고 오시겠다는 분들에게 KTX 왕복 승차권을 문자로 보내드리고, 대전역에서 예식 장소까지 리프트 버스로 셔틀 운행도 했다. 그래서 많은 분이 참석할 수 있었다. 그렇게 장애인 하객이 많은 결혼식은 그때까지 본 적이 없었다. 괜스레 뿌듯한 마음이 들었다.

식이 너무 길어질까 봐 목사님께 주례를 짧게 해주십사 부탁드렸는데 정말로 짧게 해주셨다. 멀리 인제에서 와주신 목사님께 감사하면서도, 너무나 송구한 마음이었다. 마지막으로 축사를 해주신 한벗재단 이사장님 말씀이 너무 길어지는 바람에 오히려 주례사가 된 것 같았다.

사실 보통 사람들은 사람을 보지 않고 장애를 봅니다. 그러나 결혼은 육체와 육체의 만남이 아닌, 영혼과 정신의 만남인 만큼 장애는 문제가 될 수 없습니다. 정신이 살아있는가, 아내를 사랑하는가가 문제가 될 뿐입니다. 사실 장애인과 결혼하는 비장애인에게 가장 고통스러운 일은 천사처럼 오인받는 것입니다. 제가 보는 신부는 수행자도 아니고 신앙이 그리 신실하지도 않습니다. 절대 대단한 여성이 아니고, 지극히 고귀한 마음을 가지고 장애인과 결혼해 주는, 그런 훌륭한 여성도 아닙니다.

다만 이 두 사람은 진정으로 사랑하기 때문에 상식과 분별과 이성과 현실적 조건을 초월했습니다. 그리고 진정한 사랑은 미래의 어려움마저도 무시하는 것입니다. 따라서 이들은 어느 부부보다도 잘살 것입니다. 서로 사랑하니까요.

그리고 제가 보기에 신랑의 성생활도 아무 문제 없습니다. 아마 자식을 스무 명은 낳을 수 있을 겁니다. 다시 말씀드리지만, 이 결혼은 별난 결혼이 아닙니다. 신랑이 전혀 부족하지 않고 신부 또한 유별난 사람이 아닙니다. 결혼의 오랜 전통을 이어받은 지극히 평범한 결혼임을 증언합니다.

장애인과 결혼한다고 하면, '애는 낳을 수 있나?'라는 궁금증을 마음속으로만 가질 법한데 오랜 세월 장애인과 함께해 오신 백 선생님은 대놓고 확실하게 짚어주셨다. 하객 모두 안심하고 기뻐하는 마음으로 손뼉을 치셨으리라.

결혼하기로 결심한 후 첫 번째로 상의를 드렸을 때, 선생님은 내 마음을 정비해주셨다. 장애인과 결혼하는 대단한 여성이 되고 싶은 건 아닌지, 불쌍한 장애인을 구제해준다는 마음은 아닌지 잘 생각해보라고 하셨다. 그런 마음은 오래갈 수 없다고 하셨다. 나는 그냥 이 남자가 너무 좋다고 말씀드렸고 그때부터 선생님은 우리 의 응원군이 되어 주셨다.

눈물이 아닌 웃음 넘치는 결혼식이 될 것이라 예상했던 나는 그날 정말 많이도 울었다. 아빠의 손을 잡고 신부 입장을 하는데 여기저기서 날 부르는 소리가 들렸다. 평화의마을에서 함께 자란 형제들, 오랜 친구들, 직장동료들과 친지들. 소중한 이들이 신부인 나보다 더 설레는 표정으로 날 보며 손짓하고 있었다. 그 얼굴들을 보면서 왈칵 눈물샘이 터지고야 말았다. 평일임에도 먼 곳에서부터 나의 결혼을 축하하기 위해 발걸음 해준 그들 앞에 서니, 멋대로 살아온 지난 인생이 부끄러워졌다. 그리고 한없이 감사했다. 누구나 그러하듯 내게도 결혼식은 지난 인생을 돌아보며, 새로운 인생에 대한 마음의 각오를 다지는 시간이었다.

결혼을 앞두고 남편과 나는 우리보다 앞서 결혼한 장애인 부부를 찾아다니며 조언을 구했었다. 그중 어느 부부에게 들은 얘기인데, 장애인이 비장애인과 결혼하는 경우, 장애인에게는 "복 받은 겨~", 비장애인에게는 "복 받을 겨~"라고 한다. 장애인은 비장애인 배우자를 만난 게 복 받은 일이고, 비장애인은 장애인과 결혼했으니 앞으로 복 받을 거라는 얘기다.

바로 결혼식 날 내가 가장 많이 들었던 얘기다. 지금 생각해보면 장애에 대한 편견이 담겨 있는 말이지만, 오늘보다 내일이 더 걱정되는 두려운 마음이 일어날 때마다 큰 힘을 주던 말이다.

"그래, 난 복 받을 겨~"

우리의 결혼에 대해 우려의 목소리도 있었지만, 우리는 괘념치 않았다. 신체 건강한 나와 강한 정신력을 가진 남편. 활동지원 제도와 다양한 보조기기를 잘 활용하면 크게 힘들 것 없다. 조금 불편할 뿐 평범하게 살아갈 수 있으리라 믿었다.

그때는 몰랐다. 결혼식에 이르기까지 이 남자와 결혼하겠다는 일념 하나로 앞만 보고 내달리느라 결혼 후에 마주할 삶의 굴곡들에 대해서는 깊이 생각해보지 않았다. 장애인 관련 일을 하면서, 장애인들과 함께 다니면서 겪었던 차별과 서러운 상황 앞에서, 그 전까지는 남의 편 들어주는 입장이었다면, 결혼 후부터는 온전히 내 일이 되었다. 함께 살아갈 집을 구하며, 휠체어를 가로막는 수많은 계단과 턱을 마주하며⋯ 결혼 후 우리에게 닥친 일상은 평범하지 않았다.

　나는 그때 어쩜 그리 대책도 없이, 남들이 미친 짓이라 말하는, 나 역시도 그리 생각했던, 결혼이라는 것을 하고야 만 것일까. 다시 그때로 돌아간다면, 같은 선택을 할 수 있을까?

PART 2

복 받은 겨,

복 받을 겨

고행이었던
신혼여행

캐나다 밴쿠버로 9박 10일의 신혼여행을 떠났다. 몇 년 전 이민 가서 살고 있던 친구가 비행기 값만 들고 오라며 초대했다. 친구는 비싼 호텔 대신 자기 집에 머물 수 있도록 해줬고, 오빠들은 항공권을 결혼 선물로 마련해줬다. 우리는 생애 처음 떠나는 해외여행에 한껏 부푼 마음으로, 밴쿠버의 관광명소를 구글지도로 미리 찾아보고, 수시로 친구와 통화하며 함께 여행 코스도 짰다. 어쩌면 우리는 결혼식 준비보다 신혼여행 준비에 더 진심이었다.

통화 중에 친구의 집이 계단을 내려가야 하는 반지하라는 걸 알게 되어 현관 입구의 사진을 부탁했다. 친구의 RV차량 뒷좌석을 떼어내면 휠체어를 실을 수 있을 거라 해서 차량의 높이 또한 사전에 확인했다. 유난스러운 사전 조사를 마친 후 내린 결론은 휴대용 경사로만 있으면 된다는 것이었다. 차량도, 계단도, 2.4m짜리 경사로 하나만 있으면 해결될 것이었다.

"됐어! 완벽해! 이거 하나면 어디든 갈 수 있겠어!"

인천공항에 도착한 우리는, 설레었던 신혼여행 길이 '고행길'이 될 것임을 직감했다. 체크인하면서 전동 휠체어를 여행 가방, 경사로와 함께 화물칸으로 먼저 보내고 나니, 탑승 시간이 될 때까지 공항 수동 휠체어에 옮겨 앉힌 남편을 계속 밀고 다녀야 했다. 다른 승객들보다 삼십 분 먼저 탑승구 앞에 도착해서 승무원들의 도움을 받아 작은 기내용 휠체어로 갈아타고, 다시 좌석에 옮겨 앉기까지, 여러 차례 사람들에게 팔다리가 들려지며 남편은 지칠 대로 지쳐버렸다. 좁은 기내화장실을 이용할 수가 없어서 열네 시간 동안 화장실 가는 것도 참아야 했고, 화장실을 못 가니 기내식도 먹는 둥 마는 둥 했다. 둘 다 고단하고 불안한 마음으로 하늘 위를 날고 있었다.

입국 심사를 잘 받을 수 있을지도 걱정이었다. 친구 부탁으로 국산술을 너무 많이 챙겨온 때문만은 아니었다. 여행 회화 책자를 뒤적이며 입국 심사 때 받을 질문을 걱정하고 있었다. '대답을 잘 못해서 문제라도 생기면 어떡하지?' 하는 마음에 입국신고서를 쓰는 손은 떨고 있었다. 승무원의 안내에 따라 모든 승객이 내린 후 마지막으로 휠체어에 옮겨타고 있을 때, 어리바리한 우리가 염려되었는지 조심스레 다가오는 사람이 있었다. 휴가차 한국에 갔다 돌아오던 길이었던, 싱가포르 항공사의 한국계 직원이었다. 혹시 해외여행 처음이시냐고 물으며 동행해주겠다고 했다. 그분 덕분에 비행기에서 가장 늦게 내린 우리는, 가장 먼저 입국 심사장을 빠져나올 수 있었다. 지금 생각해도 참 고마운 분이었다.

기다리고 있던 친구랑 서로 끌어안고 야단법석을 떠는 동안 남편끼리도 어색한 인사를 나누었다. 주차장에서 남편을 차에 옮겨 앉힌 후, 야심차게 준비한 경사로를 이용해 의기양양하게 휠체어를 실었다. 친구가 딱 맞는다며 손뼉을 쳤다. 밀린 폭풍 수다를 떨며 친구의 집에 도착했는데, 아뿔싸! 경사로는 안성맞춤이었지만 거실 바닥이 온통 양탄자로 되어있어 휠체어로는 도저히 다닐 수 없는 상황이었다. 우리는 계단만 신경을 썼던 것이다. 결국 마당에 휠체어를 세워두고 현관을 드나들 때마다 남편을 업어야 했다. 게다가 욕실 바닥에는 배수구가 없어 매번 욕조 안으로 옮겨서 씻겼다.

다음 날은 우리 신혼여행의 하이라이트가 될, 2박 3일 간의 갈리아노 섬(Galiano Island) 여행이 예정된 날이었다. 섬을 드나드는 페리호에는 놀랍게도 엘리베이터가 설치되어 있어 객실과 갑판에서도 휠체어 이동이 자유로웠다. 우리가 묵을 숙소 또한 입구에 경사로만 설치하면 문제가 없는 구조였다. 역시, 경사로를 챙겨오기 잘

했다며 어깨가 절로 으쓱해졌다.

그런데 다음 날 아침, 남편이 경사로를 내려오다가 옷소매가 가시덤불에 걸리며 조이스틱을 놓친 모양이었다. 순간 휠체어가 획돌며 중심을 잃어, 남편의 몸이 휠체어와 분리되며 바닥으로 고꾸라졌다. 나와 친구 부부, 셋 다 너무나 당황해서 일시 정지 상태가 되어 버렸다. 바닥이 폭신폭신한 잔디밭이었기 망정이지, 그때 나는 정말 남편이 죽는 줄 알았다. 육중한 휠체어 밑에 깔리기라도 했으면 어쩔 뻔했겠는가. 지금 생각해도 온몸에 소름이 돋는다.

남은 일정 안에서는 도심에만 있었기에 더 이상 경사로가 필요 없었다. 대중교통 편의시설이 너무나 잘 갖추어져 있었다. 물리적 환경뿐만은 아니었다. 저상버스에 휠체어로 올라타면, 승객들은 자동으로 기립하여 비켜주었다. 누구 하나 불편한 기색이 없다. 그저 당연한 듯, 무심한 표정이었다. 길가 카페에 휠체어를 탄 사람들이 둘러앉아 커피를 마시고 있는 모습을 쉽게 볼 수 있었다. 그렇게 어디서든 휠체어를 탄 사람의 일상적인 모습을 마주칠 수 있었다.

다운타운에서 맥주를 마시다가 귀가할 시간이 되자 친구 남편이 그제야 생각난 듯, 택시를 부를 때 휠체어 사용자가 있다고 하면 장애인용 택시가 온다고 얘기해 줬다. 택시를 부르니 얼마 안되어 휠체어에 앉은 채 탈 수 있는 승합차가 도착했고 우리는 다

같이 그 택시를 타고 편안하게 귀가했다. 밴쿠버에서는 휠체어가 아닌 우리의 짧은 영어 실력만이 장애가 되었다.

돌아갈 길을 생각하니 무거운 경사로를 가져온 게 후회가 되었다. 첫 해외여행, 신혼여행 기념 선물로 더 무거워진 캐리어에, 길이 2.4m, 무게 15kg인 경사로까지 짊어지고 갈 생각을 하니 아득해졌다. 마음 같아선 버리고 가고 싶지만 빌려온 거라 반납을 해야 했다. 개미굴 같은 밴쿠버 공항에서 그 많은 짐들을 이끌고 통곡이라도 하고 싶은 심정이었다.

그러나 애물단지 같던 경사로는 인천공항에 도착해서 다시 진가를 발휘했다. 서울시 장애인 콜택시는 서울에서 인천공항까지는 올 수 있지만, 인천공항에서 서울까지는 운행하지 않는다. 돌아갈 길이 막막했던 우리의 눈에 동시에 들어온 건, 공항 콜밴이었다. 밴쿠버에서처럼 트렁크에 경사로를 대고 휠체어를 싣고, 우리의 짐과 고단함도 싣고 서울로 무사히 돌아올 수 있었다.

신혼여행 다음 일정은 대전의 친정에 갔다가 인제의 시댁에 가서 인사를 드리는 것이었다. 항공권에 출발하는 날짜가 금요일이었기에 토요일에 친정에 가서 인사드리고 일요일에 시댁에 가기로 약속했는데, 밴쿠버의 금요일은 한국의 토요일이라는 것을 뒤늦게 깨닫고, 먼 해외로 신혼여행을 다녀온 것이 그제서야 실감이 났다.

챙길 것 많고, 장애물 많은 우리의 여행은 늘 고행길이 된다. 그렇지만 여행이 주는 설렘과 추억은 다시금 여행을 떠나게 한다. 우리와 같은 장애인 여행객이 많아지면서, 국내외 여행지가 다양해지고 항공 서비스가 날로 진화하고 있다.

---

* 현재는 공항에 도착해 체크인하면서 전동 휠체어는 화물등록만 해두고, 패스트트랙으로 출국수속, 보안검색대를 통과할 수 있으며, 여유 있게 면세점 쇼핑도 할 수 있다. 비행기 앞까지 타고 가서 기내용 휠체어로 옮겨 앉으면, 그제야 전동 휠체어를 화물칸으로 가져간다. 또한, 항공사 직원들이 장애인 승객을 응대하는 태도도 바뀌었고 전동 휠체어도 썩 잘 다룬다.

즐거운 곳에서는
날 오라 하여도

♪♪♬ 즐거운 곳에서는 날 오라 하여도 ♬♪♪

남편이 지하철에서 즐겨듣던 멜로디였다. 엘리베이터가 없는 지하철역사에서 굼벵이처럼 느린 리프트로 오르내리는 동안, 흔들거리는 그 위에 앉아 〈즐거운 나의 집〉을 들어야 한다. 시끄러운 멜로디에 지나가는 사람들이 한 번씩 쳐다본다. 마치 동물원 원숭이가 된 기분일테다. 사고 위험 때문에 자의로는 이용할 수 없게 되어있어, 리프트를 이용하려면 공익요원을 요청해야 한다. 즐거운 곳에서는 날 오라 하여도 이 무시무시한 리프트 때문에 전혀 즐겁지 않게 이동해야 했다.

지하철 엘리베이터를 기다리는데 등산복 차림의 사람들이 길게 줄을 서 있다. 우리가 다가가도 비켜주지 않는다. 과연 누구를 위한 편의시설인가. 걷기 힘들다며 줄 선 사람들 때문에, 엘리베이터 외엔 다른 길이 없는 남편은 그저 조용히 기다린다. 함께 있는 내가 큰 소리로 덤벼들면 그들은 그제야 마지못해 비켜선다.

남편과 지하철을 타고 가다가 화장실이 급하다고 해서 역내 장애인용 화장실에 갔다. 굳게 닫힌 화장실 안에는 누가 있는 건지 없는 건지 대꾸가 없다. 관리사무소로 전화를 거니 고장 나서 잠가놨다고 하여 다시 지하철을 타고 다음 역으로 향한다. 화장실도 맘대로 못 가는 세상, 마음 깊은 곳에서 끓어오르는 원망과 분노를 누구에게 전해야 할까. 지하철과 스크린도어 사이의 간격이 너무 넓어, 휠체어의 앞바퀴가 끼는 탓에 승객들의 도움으로 간신히 구조되기는 또 몇 번이었는지.

남편과 함께 저상버스를 딱 세 번 타봤다. 버스를 타지 않으면 지하철을 두 번 갈아탄 후, 삼십 분 이상 달려야 한다. 오랜 기다림 끝에 겨우 버스에 오르면, 내릴 때까지 승객들 눈치를 살펴야 했다. 그나마 정비 불량으로 경사로가 나오지 않는 때도 있었고, 저상버스가 많지 않아서 같은 번호의 버스를 여러 대 보낸 후에야 탑승하는 때도 있었다. 우리는 어느 순간 더 이상 저상버스를 타지 않게 되었다.

새로 이사한 동네에서 미용실을 찾는데 휠체어 진입이 가능한 곳이 보이질 않는다. 한참 만에 출입문에 단차가 없고 붙박이식 의자가 아닌 미용실을 찾아냈다. 커트는 가능하지만, 샴푸는 할 수가 없다.

부고 소식을 받고 찾아간 장례식장. 출입구 턱을 겨우 넘어 빈소에 들어선다. 식사하고 가라는 상주에게 급한 일이 있어 바로 가야 한다며 인사하고 돌아선다. 대부분의 장례식장 접객실이 바닥에 앉아야 하는 좌식이었기 때문이다(요즘은 입식 테이블인 곳도 많다).

함께 떠난 여행길. 눈에 보이는 숙소마다 들어가 객실을 먼저 볼 수 있는지 양해를 구한 후 욕실 상태를 살핀다. 욕실이 넓지 않고 턱까지 있다면, 변기가 문 쪽에 가까이 있어야 이용할 수 있다. 문 앞에서 변기로 옮겨 앉히는 요령을 익혀야 한다. 머물렀던 숙소에서 나서기 전에 휠체어 바퀴 자국이 남진 않았는지, 어디 긁은 곳은 없는지 체크한다. 우리의 뒷모습이 다른 장애인에게 영향을 줄 것임을 잘 알기 때문이다.

어버이날이라 친정 부모님과 함께 찾은 음식점의 출입문 앞이 계단이다. 사장님이 휠체어에 앉은 채 들어 올려주신단다. '아휴, 전동 휠체어 무게가 몇 킬로인지 아세요?' 발걸음을 옮긴다. 수많은 음식점 중 휠체어로 들어갈 수 있는 곳을 겨우 찾았다. 맛집에 대한 개념이 바뀌었다. 맛있는 집이 아니고 휠체어가 들어가는 집이 맛집인 걸로.

식사를 마친 후에는 앉았던 자리를 살핀다. 흘린 것이 있으면 줍고, 빼두었던 의자를 원래의 위치에 놓는다. 우리가 이렇게 작은 것들을 신경 써야 다음 장애인 손님에게는 조금 더 친절히 대해주겠지 싶은 마음에.

휠체어를 사용하는 남편과의 일상 안에서 어김없이 우리 앞에 펼쳐지는 불편함과 억울함으로 인해, 나는 어느새 싸움꾼이 되어 있었다. 핏대를 세우며 장애인 차별이라고 소리치는 나를 오히려 남편이 말릴 정도였다.

예전의 나는 몰랐었다. 굼뜬 걸음으로 버스를 타는 어르신 한 분 때문에 기다리는 시간이 길어지면, '이 바쁜 시간에 꼭 저렇게 나오셔야 하나'라고 생각했고, 시위 행렬로 인해 교통체증이 일어나면, '도대체 왜 남한테 피해를 주는 거야! 저런다고 세상이 바뀔 것 같아?'라며 혀를 찼다. 그러나 그 굼뜬 걸음은 꼭 그 시간이어야만 하는 사정이 있었고, 그렇게 낯선 시선과 말을 감내하며 내딛는 한 걸음으로 세상이 바뀌어 왔음을, 나의 일이 된 후에야 알게 되었다.

결혼 전 우리는 한벗재단에서 운영하는 장애인 단기보호시설에서 임시로 지내다 뒤늦게 신혼집을 알아보았다. 1층이거나 엘리베이터가 있는 건물이어야 했고, 편의시설이나 보조기기 설치가 가능한 조건이어야 했다. 부동산에 전화를 걸어 사정을 설명하면 대부분 난감해하며 전화를 끊었고, 방을 보여주며 함께 고민해주는 중개업자는 몇 없었다. 가격이 맞으면 조건이 안 맞았고 조건이 맞으면 가격이 안 맞았다.

말로만 1층이지, 계단 위에 있는 1.5층 집이 많았고, 특히나 화장실이 너무나 비좁고 불편했다. 구조와 가격이 맞아 계약하려고 하면, 마지막에 집주인이 반대해서 계약이 불발되기도 했다. 나갈 때 원상복구 하겠다고 해도 통하지 않았다. 집을 가진 사람이 정말 부러웠다. 휠체어를 사용하는 장애인은 방 하나 구하기가 이렇게 힘들구나. 집 없는 서러움 위에 외면당하는 현실을 향한 서러움이 겹치며, 앞으로도 계속될지 모를 삶의 파도가 더욱 크게 느껴졌다. 남편과 함께 다니다가 나중에는 혼자 다녔다. 상처받는 것은 나 혼자로 족하다고 생각했다.

결국 인터넷 카페를 샅샅이 살펴보고 마포구 언덕배기에 있는 반지하 방을 얻게 되었다. 계단이 두 개 있었지만, 현관 앞 공간이 넓어 'ㄷ'자 형태로 경사로 설치가 가능했다. 화장실 문턱이 꽤 높았지만, 문 앞과 화장실 안쪽에 방부목재를 덧대어 단차를 없애고 경사로를 설치했다. 방바닥에서 휠체어 높이까지 올라가는 리프트도 마련했다.

결혼식 후 석 달이 되어 갈 즈음, 드디어 편의시설을 갖춘 우리의 신혼집에 무사히 입주할 수 있었다. 작은 방 두 칸, 작은 거실, 작은 화장실. 그 작은 집에서 집들이를 열 번도 넘게 했다. 작은부모님, 우리 부모님, 직장동료들, 지인들…. 물론 나의 음식 솜씨에는 실망이었겠지만, 그들 모두 우리의 사는 모습을 보고 한결 가벼운 표정이었다.

그때 그랬지

신혼 때 우리의 일상은 이러했다. 아침 일찍 일어나서 남편을 앉혀준다. 사과와 우유, 토스트 등으로 간단한 요기를 한 후, 화장실 신호가 오면 남편을 번쩍 안아 일으켜 세운다. 하루의 안녕을 위해 그는 꼭 아침에 볼일을 봐야 한다. 아침잠이 많던 내가 당연한 듯 그 일을 해내고 있었다. 그를 씻기고 단정하게 준비시킨 다음, 나는 대충 씻고 젖은 머리를 질끈 묶은 채 출근하기 바빴다. 남편은 근육장애인협회에서 일하면서, 장애인 미디어센터에서 방송 관련 일도 배우며 바쁘게 지내고 있었다. 한참 일 욕심이 많던 시절이라 나는 늘 야근을 했고, 그도 서울 생활에 적응하며 인맥을 넓혀 가고 있었다. 지인들과 함께하는 자리에서 화제의 중심은 늘 우리였다. 입담 좋고 성격 좋은 남편은 나의 자랑이었다.

어느 퇴근길, 집으로 가고 있는데 눈앞에 휠체어로 달려가고 있는 남편의 뒷모습이 보였다. 반가운 마음에 클랙슨을 울리며 손을 흔들었다. 남편도 나에게 손을 흔들며 둘이 경주하듯 나란히 달렸다. 그런데 갑자기 눈앞에서 남편이 사라졌다. 백미러를 보니 남편이 휠체어에서 또 고꾸라지고 있었다. 나를 쳐다보다가 도로에 떨어진 무언가에 걸려버린 것이었다. 얼른 차를 세우고 미친 듯이 달려가 일으켜보니 턱에서 피가 철철 흐르고 있었다. 주변에 도움을 요청해서 다시 휠체어에 앉히고 피를 닦아주면서 생각했다.

'당신 이제 나 없으면 어떻게 살래?'

난 그의 아내이면서 보호자였다. 내가 네 살이나 많고, 사회 경험도 많으니 그의 든든한 보호자가 되어줄 작정이었다.

그러던 어느 날, 내가 사고를 쳤다.

【사건 경위】

퇴근길이었다. 신촌 로터리로 향하는 신호대기 중 냉동 탑차 한 대가 옆으로 다가오더니 말을 건다. 길을 물어보려나 싶어서 창문을 열고 화답했다. 그놈의 오지랖 때문이었다. 그런데 잠깐 저 앞에 차를 대면 안 되겠냐고 한다. '뭐지?' 싶으면서도 시키는 대로 한다. 탑차에서 잘생긴 청년이 내리더니 착해 보이는 웃음으로 말을 늘어놓기 시작한다.

지금 제주산 옥돔 세트를 백화점에 납품하러 가는데 오늘따라 물량이 남았다고, 혹시 구매할 의사가 있는지 물으며, 냉동칸으로 안내한다. 고급스러운 포장의 제주산 옥돔이라. 구미가 당겼다. 얼마냐고 물어보니 원래 한 상자에 삼십만 원이니 알아서 달라고 했다. 생활비 오십만 원이 남아있었다. 그래서 쿨하게도 세 상자를 사겠다고 했다. 의심의 여지는 전혀 없었다. 남편에게 고급 옥돔도 먹이고 싶었고, 당시 시설장으로 있던 단기보호시설 가족들에게 1인 1옥돔으로 저녁 식탁에 구워 차려내고 싶었다. 세 상자를 얼른 차 트렁크에 넣어주고는 현금밖에 안 된다며 가까운 은행으로 안내하는 그들에게 홀려 은행까지 간다. 그리고 남편의 체크카드에서 오십만 원을 인출해 건넸다. 그들은 아주 인심을 쓴 듯한 표정으로 가벼운 인사를 하고 사라졌다.

나는 값비싼 옥돔을 싸게 샀다고 스스로 기특해하며 시설 앞에 차를 세웠는데 마침 남편도 도착했다. 당시 그의 말에 의하면 아주 해맑은 표정으로, '나 잘했지?' 하는 표정으로 내가 다가오더란다. 그러고선 백화점 납품하는 고급 옥돔 세트를 엄청나게 싸게 샀다고 자랑을 하더란다. 남편은 오십만 원이 인출되었다는 문자를 받고 나에게 확인하려고 온 것이었는데, 그런 나를 보고 어처구니가 없었다고 한다.

내 마음도 몰라주고 화를 내며 집으로 먼저 가버린 그를 탓하며 직원들과 함께 포장을 뜯기 시작했는데 점점 불길한 예감이 들었다. 유통기한과 생산자를 확인할 길 없는 생선들과 얼음 녹은 물이 상자 가득 들어있었다. 마침 남편에게 전화가 걸려 왔다. 이번에는 한층 더 화가 난 목소리였다.

"당장 인터넷에서 옥돔 사기 검색해 봐!"

옆에 있던 직원이 인터넷 검색을 해본다. 그제야 내가 무슨 짓을 저질렀는지, 아니 당했는지 깨달았다.

【후속 조치】

'이미 당한 걸 뭘 어째.'

할 말이 없었고 너무 부끄러웠다. 잠시 후 남편에게서 다시 전화가 왔다. 당장 관할 경찰서에 가서 신고하란다.

내키진 않지만 경찰서로 향했다. 형사조차도 아무런 희망도 주지 않는다. 그냥 사건 경위서나 작성해놓고 가라고 한다. 집에서 기다리던 그는 더 이상 아무 말이 없다.

'그래, 며칠만 잘 버티면 지나가리라. 당분간 순종 모드로 변신!'

【신고 결과】

이틀 후 경찰서에서 전화가 왔다. 용의자 명단을 뽑아 놓았으니 와서 확인해보란다. 설마 하는 마음으로 갔다. 모니터에 여러 사람의 사진을 보여주며 찾아보라고 한다. 관내에 사기 전과가 있는 사람들의 운전면허증 사진이었다.

그중에서 그들을 찾아냈고, 다음 날 사기범들과 대면했다. 단번에 서로를 알아봤고, 자신들의 잘못을 시인하며 그 자리에서 오십만 원도 고스란히 입금해 줬다.

이후 나는 남편에게 경제권을 자진 이양했고 이 사건은 오랫동안 그의 무기가 되었다.

"옥돔 사건, 기억 안 나?"

옥신각신하다가도 남편이 게슴츠레한 눈을 뜨고 내던지는 이 말 한마디면 슬쩍 꼬리를 내린다. 사실 옥돔이 어떻게 생겼는지도 몰랐던 나는 제주 여행을 가더라도 옥돔구이는 절대 사 먹지 않는다.

그는 그날 씩씩대며 날 원망하고 있었는데, 갑자기 성경 말씀이 떠올랐다고 한다.

다윗이 여호와께 묻자와 가로되 내가 이 군대를 쫓아가면 미치겠나이까 여호와께서 대답하시되 쫓아가라 네가 반드시 미치고 정녕 도로 찾으리라 _사무엘상 30:8

성경을 찾아 읽으면서 '아, 반드시 잡을 수 있고, 도로 찾을 수 있겠다라는 믿음이 생겼다고 한다. 결국 옥돔 사기단을 잡았고, 돈도 찾았다. 남편의 간증을 들으면서 깨달았다. 내가 그의 보호자가 아니고, 그런 하나님을 믿는 그가 내 보호자임을.

털털한 성격의 나와는 달리, 남편은 계획적이고 꼼꼼한 사람이었다. 그런 그를 내 보호자로 삼기로 결심했다.

2008년 가을, 한벗재단에서 서울시 보조공학서비스센터를 위탁받게 되었다는 소식을 듣고 남편은 그 길로 달려와 결혼식 때 축사를 해주셨던 백 이사장님께 독대를 청했다. 보조공학기기에 대해 배우고 싶다고, 월급 안 주셔도 되니 배우면서 일하게 해달라고 말씀드렸다. 이사장님은 보조공학사도 아닌 그를 덜커덕 채용해주셨다. 그리고 두 달 만에 팀장 직함을 달았다.

장애 당사자인 남편은 대학에서 보조공학을 전공한 비장애인 직원들보다 보조기기에 대한 안목이 남달랐다. 장애인 회원과 얘기하다 보면 그 사람에게 필요한 보조기기를 떠올리고, 해외 사이트에서 새로운 보조기기를 찾아내 수입 루트를 알아낸다. 서울시와 대기업 사회공헌사업의 지원을 받아 수많은 장애인에게 보조기기를 지원하는 데 일조했다. 곧이어 보조공학사 자격도 취득했다. 역시 내 안목도 남달랐다며 이 남자와 결혼한 것은 정말 행운이라고 생각했다. 그땐 그랬다.

불문율

불문율(不文律)

: 굳이 명시하지 않아도 사람들 사이에서 암묵적으로 동의하고 지켜지고 있는 규율

남편이 근육병 진단을 받은 이후, 집안에는 알 수 없는 불안이 엄습했다. 누나들과 엄마, 그리고 엄마의 8남매까지 모두 긴장할 수밖에 없었다. 모계유전 질환이라는 걸 알고 나니, 같은 운명이 될지도 모른다는 공동의 두려움이 시작되었지만, 서로 간에 말을 아꼈다. 새로운 아이가 태어나면 이상이 없는지 궁금하면서도 그 누구도 차마 묻지 않는 것이 집안의 불문율이 되어버렸다.

큰누나가 스무 살에 결혼해 낳은 아이가 세 살이었고, 뒤이어 조카아이 둘이 더 태어났다. 작은누나도 일찍 결혼해 2남 1녀 삼

남매를 두었다. 조카들이 태어나 걷기 시작할 때면, 남편의 눈에는 조카들 다리만 보였다. 혹시 조카도 자기와 같을까 봐, 늘 조마조마했었다. 어느 날 깨달았다. 가족 모두 자신과 같은 곳을 보고 있다는 것을. 혹시나 하는 불안한 눈빛으로 관찰하고 있다는 것을. 모두 똑같이 숨죽이며 아이의 작은 몸짓에도 집중하며 한 마음 한 뜻으로 빌 뿐이었다. 가족들은 경조사가 있을 때마다 건강하게 자란 조카, 손주들을 눈으로 확인하고서야 가슴을 쓸어내리곤 했었다. 그는 그런 분위기를 느끼며 늘 어두움에 휩싸였다.

아이를 키우는 집이라면 일상적으로 듣는 질문,

"애들은 잘 크지?"

이 단순한 인사치레가, 남편 집안에서는 실제 일어나지 않아야 할 일에 대한 우려와 공포를 확인하는 인사인 것이다.

나를 만나던 해에 남편은 희귀·난치질환자 등록을 하기 위해 유전자 검사를 받았다. 검사 결과는 정상. 근육병에 해당하는 이상 염색체는 발견되지 않았다. 그때까지 자신 외에는 형제자매, 사촌들 모두 무탈했고 여섯 명의 외조카 역시 의심할 여지 없이 건강히 자랐다. 하지만 불안한 마음은 여전했다.

반면, 나는 남편이 진행성 질환이라 점차 신체기능이 약해질 것만 걱정했지, 유전에 대해서는 무지했다. 잠자리에 누워 여느 부부처럼 장난치듯 딸이 좋을지, 아들이 좋을지 가족 계획을 세워보려고만 하면 그는 조심스레 묻곤 했다.

"혹시 우리 아이도 근육병이면 어떡하지?"

그때마다 큰소리쳤었다.

"그런 일은 일어나지 않아. 우리에겐 앞으로 좋은 일만 생길 거야. 걱정하지 말자!"

그 역시 부정적인 말은 더 이상 꺼내고 싶지 않았다. 우리는 아이를 갖기 위해 각별히 노력하지도, 갖지 않기 위해 특별히 조심하지도 않았다. 이러다 아이가 생기면 하늘의 뜻으로 생각하기로 했다.

이십 대의 나는 결혼계획이 전혀 없었다. 일찍 결혼해서 아이를 낳아 기르는 친구들을 보며 그녀의 희생이 아깝다고 생각했었다. 난 그렇게 살기 싫었다. 놀기 좋아하고 게으르고 이기적인 나는 혼자 사는 게 맞는다고도 생각했다. 남의 아기는 참 예뻤지만 내가 엄마가 되는 것은 상상하기 어려웠다. 서른세 살에 무언가에 홀린 듯, 나처럼 결혼 생각 없던 스물아홉 살의 남자를 꼬드겨 1년 만에 부부가 되었지만, 여전히 엄마가 될 자신은 없었다. 사실 그냥 이대로 둘이서만 사는 것도 좋을 것 같았다.

그러던 어느 날, 우리에게 사랑이(태명)가 찾아왔다. 결혼 후 1년이 훌쩍 지난 봄날, 문득 월경이 늦어지고 있음을 깨달았다. 퇴근

길에 임신테스트기를 샀다. 심호흡하며 바라본 테스트기에는 선명한 두 줄이 그어졌다. 남편에게 사진을 찍어 전송했고 곧바로 전화가 왔다. 전화기 너머로 떨리는 목소리가 들려왔다. 퇴근한 그와 함께 임신테스트기를 몇 번이고 들여다보며 설레는 밤을 보냈다.

다음 날, 남편 먼저 출근시킨 후 가까운 산부인과를 찾았다. 소변검사, 피검사 결과 임신인 건 맞지만 아직 아기집이 안 보인다고 했다. 너무 일찍 와서 그럴 수도 있으니 일주일 후에 다시 와보란다. 일주일이 너무나도 길게 느껴졌다. 다시 찾은 병원에서는 여전히 아기집이 안 보인다고 했다. 자궁외임신일 수도 있고, 자연 유산된 것일 수도 있다고 하는 의사의 말에 가슴이 무너져 내렸다. 병원을 나서면서 흘러나오기 시작한 눈물은 멈추질 않았다. 차 안에서 엉엉 울면서 남편에게 전화했다.

"아닐 거야, 괜찮을 거야."

달래주는 그의 말이 귀에 들어오지도 않았다. 절망스러웠다. 아기를 갖는다는 것에 이렇게 간절할 줄은 미처 몰랐었다. 임신은 당연한 것이 아니었고 내 뜻대로 되는 것도 아닌 귀한 일임을 그제야 깨달았다. 아기가 제발 이대로 떠나지 않길 간절하게 빌고 또 빌었다.

남편이 연락했는지 인제교회 사모님이 전화를 주셨다. 한 곳만 가보지 말고, 당장 다른 병원에도 가보라고 하시며 김포에 있는 여성병원을 추천해 주셨다.

일단 가보기로 했지만 거기라고 뭐가 다르겠냐는 생각에 밤새 잠이 오질 않았다. 이미 내 마음은 절망의 바다에 빠져 허우적대고 있었다. 계속 울기만 하는 나에게 남편은, 수넴여인의 아이가 죽었으나 엘리사의 기도를 통해 다시 살리신 성경이야기(열왕기하 4장)를 해주며 하나님을 믿자고 했다. 하나님이 주셨으니 하나님이 살려 주실 것이라고 했다. 간절한 마음으로 그날 밤을 보냈다. 남편은 아침에 일어나자마자 꿈을 꾸었다며, 오늘 가면 아기가 보일 거라고 자신 있게 말했다.

그의 꿈은 이러했다.

"친구가 사과 하나를 먹으라며 주는 거야, 얼른 받았지. 근데 사과가 너무 예쁜 거야, 먹기 아까울 정도로 새빨간 색깔에 반짝반짝 빛이 나더라고. 기분이 좋았어."

연달아 다른 꿈.

"길을 가는데 길가에 커다란 밤나무가 있었어. 한여름인데 밤송이가 많이 열려 있어 신기했어. 그런데 밤송이 하나가 툭 떨어지는 거야. 얼른 가서 보니까 밤송이 안에 알이 하나밖에 없는데 통통하게 살이 올라 꽉 차 있었어. 너무 신기해서 그걸 보고 있다가 잠이 깬 거야. 이건 분명 태몽이야!"

꿈 얘기를 들으면서 몽글몽글 심장이 간지러워졌다.

하필 그날 1박 2일 워크숍 일정이 잡혀있던 남편은 병원에 함께 가지 못해 미안하다고 하며 떠났고, 난 두려운 마음을 안고 혼자서 병원에 갔다. 이 병원에서도 같은 얘길 듣게 되면 어쩌지, 기다리는 내내 불안함이 떠나질 않았다. 그런데 초음파 기계를 배에 갖다 대자마자, 의사 선생님이 말씀하셨다.

"아기집 보이는데요!"

얼른 모니터를 봤다. 떡하니, 너무나 선명하게 아기집이 보였다. 콩알만 한 점이 빠끔히 날 쳐다보고 있는 듯했다. 반갑고 고마워서 눈물이 났다. 그렇게 숨바꼭질하듯, 첫아이 사랑이(태명)는 우리에게 왔다. 병원에서 산모 수첩을 받는 내 손은 행복감에 떨렸다. 남편에게 초음파 사진을 찍어 보냈다.

"거봐, 내 말이 맞았지?"

우리는 마음껏 기뻐했다. 이제야 진짜 부부가 된 것 같았다.

병원을 나서며 친정엄마께 먼저 전화했다. 엄마의 목소리는 왠지 비장했다. 작은어머니는 촉촉해진 목소리로 고맙다고 하셨다.

친정엄마는 우리가 아이를 낳지 않고 둘이서만 잘 살아가길 바랐다. 예상치 못한 임신 소식에 당장 인터넷 검색을 하셨다. 검색 결과 모계유전이라는 설명이 나왔다. '우리 딸은 건강하니 임신해도 괜찮은 거구나!' 하고 안도하면서도 장애인 남편에, 직장 생활과 육아를 병행해야 할 딸을 생각하니 한숨이 절로 나왔다. 그간 엄마도 직장 생활하느라 앞서 아들들이 손주 낳았을 때는 못 키워줬던 탓에 며느리들에겐 미안했지만, 막내딸은 어쩔 수 없이 도와줘야겠다고 결심하셨다고 한다.

임신 소식은 삽시간에 많은 이들에게 전해졌다. 수많은 축하 메시지를 받았다. 그러나 그 뒤에 숨겨놓은 근심들은 미처 내게 전해지지 않았다. 가족을 포함한 많은 이들이, 아이가 '정상'일지를 염려했지만 내게 대놓고 말한 사람은 없었다. 그것은 내게도 '불문율'이었음을 최근에야 알게 되었다. 어린 시절부터 늘 내 곁에서 친동생처럼 지내는 가까운 동생이 얘기해줬다.

"아이는 괜찮대?" 그동안 지인들의 걱정 어린 질문을 자신이 대신 받고 있었다고. 많은 이들의 염려 속에서 나만 아무렇지 않은 듯 행복한 임신부로 지냈다. 병원에서는 노산이라며 조심할 것이 많다고 했다. 기본적인 검사와 기형아검사를 받았는데 정상이라기에 더 이상의 검사는 필요 없다고 생각했다. 그저 빈혈이 있어 보건소에서 주는 철분제만 열심히 먹었다. 남들은 '혹시'라는 마음으로 거쳤을 값비싼 산전 검사들을, 나는 '설마' 하는 마음으로 하지 않았다. 난 우리 아기가 건강할 것이라고 확신했었다. 어떻게 그리 믿을 수 있었던 것일까. 정말 나는 괜찮았던 것일까.

슬기로운
임신부 생활

임신 10주쯤이었을까. 서울대공원 나들이 행사가 있어서 갈 때는 단체 차량으로 이동하고 올 때는 혼자만 먼저 돌아오게 되어서 지하철을 탔다. 임산부 배려석이 생기기 전이었다. 4호선 서울대공원역에서 2호선 홍대입구역까지 가는 내내 그날따라 빈자리도 안 생기고 노약자석에 앉기는 민망해서 줄곧 서서 갔다. 배가 티가 나게 나올 때가 아니었기에 누구도 내가 임신부인 줄 몰랐을 거다. 스무 개의 역을 지나는 동안 다리는 퉁퉁 붓고 바닥에 주저앉고 싶을 정도로 너무 힘들고 서러웠다.

예전의 나라면 "저 임신했는데, 양보 좀 해주세요"라고 당당히 말했을 텐데, 그날의 나는 차마 그 말이 안 떨어졌다. 배려가 필요한 사람이 스스로 "나를 좀 배려해 주세요"라고 말하는 것은 힘든 일이라는 걸 그때 알았다. 그 후로 혼자서는 지하철을 타지 않았다.

태교를 위해 가급적 클래식 음악을 들었다. 좋은 생각만 하고, 좋은 것만 보고 싶었다. 우리는 선물 받은 임신과 출산에 관련된 책을 매일 들여다보며 공부했다. 태동이 있을 때면 남편과 함께 만져보며 아기에게 말을 걸었다. 아들 녀석은 뱃속 구석구석 간지럽히듯 움직였다. 하루하루가 신기하고 감동적이었다.

임신기간 내내 남편의 극진한 대접을 받았다. 연애 기간부터 임신기간까지 그는 늘 나를 휠체어 팔걸이에 태우고 다녔다. 아니, 내가 걷기 싫어 먼저 걸터앉기 시작한 게 맞다. 나중엔 휠체어가 삐걱대기 시작했다.

점차 불러오는 배에 천근만근 다리도 부어올라서 밤마다 남편 허리에 다리를 얹고 잤다. 그는 혼자서 몸을 돌려 누울 수가 없었는데 내가 잠들어버리면 깨우지 못하고 그냥 그대로 나의 체중을 감당하며 한 자세로 잠들곤 했었다.

어느 토요일, 점심을 먹으러 집 근처에 있는 뼈다귀해장국집에 갔다. 맛있게 먹던 나는, 몸에서 이상한 기류를 느꼈다. 갑자기 어지럽고 숨이 막히고 온몸이 간지러웠다. 그전에도, 그 후로도 없던 입덧이었나 보다. 다급히 수저를 내려놓고 빨리 집에 가서 눕고 싶다며 징징거렸다.

남편 휠체어에 몸을 의지해 겨우겨우 집에 와서 새벽 두 시까지 잤다. 남편은 그때까지 휠체어에 앉은 채 내가 일어나기만을 기나리야 했다. 정신을 차린 나는 남편이 저녁을 굶었다는 걸 깨달았다. 미안해서 뭐라도 차려주겠다고 하니, 점심도 못 먹었다고 한다.

'어? 분명 먹는 걸 봤는데?'

남편의 뼈다귀해장국 먹는 법을 그제야 알았다. 일단 뼈에 붙은 고기를 모두 발라내어, 시래기와 밥을 골고루 섞어 한 번에 먹어야 맛있단다. 그래서 그날도 근력 없는 양손으로 정성스럽게 고기를 다 발라내고 이제 막 흡입하려는 순간, 갑자기 내가 수저를 내던지고 집에 가자고 한 것이란다. 미안하다며 안아주다 말고, 웃음이 터져버렸다. 입맛만 다시다가 말도 못 하고 끌려와야 했던 그 상황이 너무 웃겨서 우리는 눈물이 나도록 웃었다. 정말 고맙고 미안했다.

남편은 일찍이 보조공학기기에 관해 관심을 가졌다. 인터넷으로 다양한 보조기기를 접하고 간절히 원했지만, 너무 부담스러운 가격이었다. 스스로 그 간절함을 알기에 더욱 업무에 진심이었다. 보조기기 하나만 있으면 세상이 달라지는데. 그걸 모르는 장애인 동료들이 안타까웠다. 보조공학센터에서 일하는 동안 그는 자타공인 보조기기 전문가가 되어 갔다. 그만큼 생활비 중 보조기기 구매 비율도 늘어만 갔다.

남편 덕분에 집안에도, 차에도 보조기기를 갖췄는데도 정작 나는 힘을 과시하며 잘 쓰지 않았다. 내 몸 쓰는 게 더 익숙했고, 느리게 작동하는 보조기기는 급한 성질에 맞지 않았기 때문이다. 차량에 설치한 호이스트(Hoist)로 남편의 몸을 감싸 안아 들어 올려 조수석에 앉힌 후, 휠체어는 이퀄라이저(Equalizer)로 들어 올려 트렁크에 싣는다. 크게 힘들이지 않고 할 수 있는데도 무식하게 몸으로 덤비던 나였다. 그런데 임신하고 나니 안 쓸 수가 없게 되었다. 임신과 출산을 겪으면서, 그제야 보조기기의 필요성을 체감하게 되었다.

임신기간 동안 참 많은 선물을 받았다. 만나는 사람마다 필요한 것을 사라며 돈 봉투를 쥐여 줬다. 지지리 복도 없다고 여기며 살던 나는, 남편을 만나면서부터 복덩이로 둔갑했다. 만나는 사람마다 대견해하고 축복해준다. 신비한 체험이었다. 그들이 준 것은 물질이 아니라 마음이었음을 안다. 수많은 사람에게 받은 사랑의 빚을 아직도 다 갚지 못했다.

출산예정일이 다가오면서 슬슬 걱정이 밀려왔다.
'내가 병원에 있는 동안 남편은 어디에 있어야 하나?'
'출퇴근 준비는 어떻게 하나?'
'남편 밥은 누가 차려주나?'

나는 걱정만 하고 있었지만, 꼼꼼하고 계획적인 남편은 역시나 대책을 세우고 있었다. 활동지원사를 시간대별로 구하고, 병원까지의 교통편을 알아두고, 필요한 물품들을 척척 주문했다. 응급상황을 대비하여 리프트 차량과 운전할 사람까지도 섭외해 놨다.

4년 차 다니고 있던 직장에서, 내 위치는 확고했다. 나는 언제나 지나치게 당당했었다. 그랬던 내가 임신기간에는 이상하게도 위축이 되었다.

'회사에서 내 복직을 원하지 않으면 어떡하지?'

'내 자리가 위태로워지면 어떡하지?'

병원에 가는 것도 눈치가 보이고, 출산휴가로 업무에 공백이 생기는 것도 미안했다. 내가 회사에 부담을 주는 사람, 필요 없는 사람으로 전락해버릴까 봐 계속 불안한 마음에 휩싸였다. 그러면서도 내가 첫 번째로 출산휴가를 받는 직원이었기에, 꼭 성공 사례가 되어야겠다고 다짐하고 있었다.

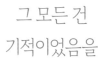

그 모든 건
기적이었음을

출산예정일을 꽤 남겨둔 시점에 나는, 출산휴가 전에 되도록 많은 일을 해놓기 위해 자주 야근을 했다. 그날도 집에 오니 밤 열 시였다. 화장실에서 볼일을 보고 일어나다가 변기 한가득 고인 핏물을 보고 깜짝 놀랐다. 단순히 핏물이 아닌 것 같아 만져보니 선지 같은 핏덩어리가 한 손 가득 만져졌다. 너무 놀라 부들부들 떨다가 병원에 전화했더니 당장 오라고 했다. '도저히 운전을 못 하겠는데 어쩌지?' 울면서 남편에게 전화해 상황을 설명하고 있는데 밖에서 누군가 나를 부르는 소리가 들렸다.

"지명아, 아빠다."

얼른 달려가 문을 열었다. 마침 아빠 일을 도와주던 분이 함께 오셔서 운전을 부탁했다. 뒷좌석에 앉아 병원으로 가는 내내 뭐가 자꾸 쏟아지려는 것 같았다. 불안한 마음에 간절히 기도하며 병원에 도착했다. 남편도 장애인 콜택시를 타고 퇴근하던 중에 행선지를 바꿔 곧바로 병원으로 왔다. 당직 의사 선생님이 갑자기 자궁 문이 열리면 그럴 수 있다고 했지만 진료해 보니 자궁 문이 열리려면 아직도 멀어보였다. 아빠는 먼저 보내드리고 남편과 병실에서 대기했다. 그는 휠체어에, 나는 침대에 누워 긴 밤을 보냈다.

다음 날 아침, 분만대기실로 내려오라고 했다. 두 시간 동안 계속 태동 검사하고 내진을 여섯 번이나 했는데 전혀 진전이 없었다. 이상하다며 초음파 검사를 한 후 원장님이 말씀하셨다.

"산모님이 자연분만하시길 원하고, 가능할 거로 생각했는데 아무래도 태반에 문제가 생긴 거 같아요. 산전 출혈이 흔치 않은 일이고 잘못되면 자궁 적출 위험성도 있어요. 현재로써 자연분만은 가능성보다 위험성이 더 크니 수술하시는 게 좋을 것 같습니다."

어쩔 수 없었다. 수술은 빨리 진행됐다. 수술실에 들어가 등에 무통 주사를 꽂고 양팔을 고정시키고… 금세 마취 기운이 올라온다. 몽롱한 상태에서도 기도했다.

'하나님… 믿습니다. 아기도, 저도 건강하게 지켜주실 것을….'

"응애! 응애! 응애!"

건강하고 우렁찬 울음소리.

간호사 선생님들이 계속 왔다 갔다 하면서 나를 안심시켰다. 누군가는 따뜻한 손으로 내 손을 어루만져주었다.

'아, 너무 감사하다…'

그러다 잠이 들었다. 마취가 완전히 깰 때까지 꿈속에서 헤맨 후, 우리 사랑이와 만났다. 젖을 물리는 순간, 내가 진짜 엄마가 되었다는 생각에 눈물이 왈칵 쏟아지고 가슴이 벅차올랐다. 드디어 제대로 바라 본 우리 아들, 너무 잘생겼다.

'사랑아, 엄마야. 내가 네 엄마야……'

친정엄마가 짐을 바리바리 싸 들고 곧 도착하셨다. 수술을 하는 바람에 일주일간 입원하게 된 것이 오히려 다행이었다. 첫 출산인 나와, 산후조리에 대한 기억이 영 가물가물한 엄마. 초짜 할머니와 초짜 산모는 병원 뜨신 방에서 뜨신 밥 먹으며 젖 물리는 요령도 잘 배우고 산모와 신생아 관리하는 것도 익혔다. 하루 네 끼 미역국에, 머리도 감겨주고 부기 빠지는 마사지도 하고. 다양한 병원 서비스를 받으며 호사를 누렸다.

남편은 활동지원사와 함께 생활하며 출근도 잘했고, 퇴근 후에는 매일 장애인 콜택시를 타고 병원에 와서 아기와 놀다가 저상버스와 지하철을 갈아타며 집에 돌아갔다. 휴대폰으로 아기 사진을 수없이 찍어 가족과 지인들에게 보내며 자랑하기에 바빴다.

먼 인제에서 작은부모님이 장손을 보러 오셨다. 양손 가득 김치, 쌀, 꿀, 한약, 소고기, 미역을 들고 오셔서는 신생아가 행여 잘 못될까 제대로 만지지도 못하시고 그저 신기하고 기특한 눈으로 아기를 바라보셨다.

그날 밤 마침 아빠가 우리 집에 오셨고, 아빠와 함께 온 분이 운전에 능숙하신 분이셨고, 별 탈 없이 수술도 잘 받았고, 병원에서 산후 조리도 잘했다. 퇴원 직전에는 아기 배꼽이 예쁘게 뚝 떨어졌다. 모든 일이 내게는 다 기적 같았다.

수술 후 고통, 산후통, 젖 물릴 때의 고통, 골반의 통증, 잠과의 싸움, 땀과의 싸움, 지겨운 미역국, 먹고 싶은 것 마음껏 못 먹고, 한시도 쉴 틈 없는 육아, 잠 못 이루는 날들…. 엄마가 되면 누구나 겪는 그 일들을 겪으며 그렇게 나도 엄마가 되었다.

엄마가 되면, '나' 중심에서 '아이' 중심으로 세상이 바뀌어 돌아간다. 아이가 먹는 것, 자는 것, 싸는 것이 최대의 관심사가 되고, 아이의 표정 하나하나가 큰 의미가 된다. 그때부터 내 인생의 주인공이 바뀌어버렸다.

처음 1~2주 동안은 극심한 고통을 견디며 모유 수유를 했다. 아이에게 젖을 물릴 수 있다는 것이 너무 좋았다. 내 것을 온전히 아이에게 전달하는 그 느낌이 좋았다. 젖을 빠는 아이의 눈을 깊숙이 들여다보며 얘기 나누는 순간이 정말 행복했다. 누구도 침범

할 수 없는 나와 아기만의 세계였다. 복직하면서부터는 회사에 유축기를 가지고 다녔다. 시간이 되면 어김없이 가슴이 딱딱해지고 겉옷까지 다 젖어버려 바로바로 젖을 짜야 했다. 어떤 땐 내가 젖소가 된 것 같기도 했지만, 수유를 못 하는 낮 시간에 내 새끼가 먹을 젖을 쟁여놔야 마음이 편했다. 그 당시에 나는 모유 수유에 진심이었다.

출산휴가 3개월, 육아휴직 1개월을 마치고 빠르게 복직했다. 아침마다 아이에게 인사를 하고 출근을 한다. 예전이라면 모닝커피 한잔 마시고 수다 떨면서 하루를 시작하고, 점심 식사 후에도 커피 한 잔의 여유가 있었을 테다. 그렇지만 5개월짜리 아이를 집에 두고 온 워킹맘은 시간이 부족하고 마음도 급하다. 온종일 아기 돌보느라 힘드실 친정엄마와의 교대를 위해서는 칼퇴근해야 했다. 그러다 보니, 업무 효율성은 오히려 극대화되었다. 예전에는 며칠씩 붙잡고 있던 기획서가 반나절 만에도 완성된다. 나쁜 줄로만 알았던 나의 두뇌가 반짝반짝 잘 돌아가기 시작했다.

워킹맘이던 그 해는 나와 회사에 많은 성과가 있었다. 서울시 최초로 무장애 관광코스를 개발하고, 중국, 일본 장애인을 초청해서 팸투어를 진행했다. 그 코스를 e-book으로도 제작했는데 서울시 장애인 홈페이지와 관광 홈페이지에 몇 년간 게재되기도 했다. 정부, 지자체 지원사업을 수없이 따내고 늘 좋은 평가를 받았다. 우리는 주말에 업무 일정이 잡히거나 특별한 행사가 있을 때면 아이를 데리고 나가기도 했다. 엄마와 아빠가 한 직장에 다니니, 이래저래 직원들과 접할 기회가 많았던 우리 아들은 이 사람 저 사람 품을 오가며 사랑을 받았다.

미혼자가 많았던 회사 내에 커플들이 많이 생겨났고, 결혼에 골인한 경우도 많았다. 둘째를 가졌을 때, 직원 중에 두 명의 임산부가 더 있었다. 이상하게 위축되었던 첫아이 때가 생각나서 그들과 의기투합했다. 병원 가는 것도, 휴식 시간도 눈치 보지 않을 수 있었고 다들 출산휴가와 육아휴직을 마치고 돌아와서도 워킹맘의 위엄을 당당하게 보여주었다. 내 생애 가장 귀하고 알찬 시간이었다.

동상이몽

임신과 출산의 과정은 힘들면서도 감격의 연속이었다. 엄마라는 게 행복하고 자랑스러웠다. 그런 나와는 달리, 남편에게는 어두움이 드리워졌다. 우리는 서로 다른 마음으로 아이를 바라보았다.

떡볶이를 유난히도 좋아했던 나는 임신 막바지에 거의 매일 떡볶이를 먹었다. 그것도 정말 맵기로 유명한 숙명여대 앞 포장마차 떡볶이를. 그 때문인지, 생후 한 달 된 아들에게 태열이 올라오더니 급기야 온몸으로 퍼지기 시작했다. 반지하 곰팡이 때문인가 싶어 당장 근처 다세대주택 1층으로 서둘러 이사를 했다. 그리고 아토피 치료로 유명한 한의원으로 달려갔다.

치료 방법은 간단했다. 그저 처방받은 한약을 하루에 티스푼 한 숟가락 정도 먹이면 되는 것이었다. 엄마는 죄책감 느끼지 말고, 평안한 마음과 인내심을 가지면 된다고 하셨다. 순둥이 아들은 젖병에다가 모유와 함께 약을 섞어주면 쪽쪽 잘도 빨아 먹었다.

한 달 만에 태열이 없어지고 피부가 뽀얘졌다. 다 나은 줄만 알았다. 그런데 두 달쯤 지난 후부터 예고한 대로 정수리부터 진물이 나면서 발현증상이 시작되었다. 정수리, 볼, 손등, 발등 돌아가면서 발현증상이 나타나는 동안, 마음은 점점 타들어갔다. 아이의 베개에는 진물과 딱지가 묻어나고, 안거나 업고 있으면 간지러운지 얼굴을 비벼댔다. 마주치는 사람마다 아기 얼굴이 왜 그러냐며, 혀를 끌끌 찼다. 예방 접종하러 소아과에 가면, 빨리 연고도 발라주고 보습도 해야지 어쩔 작정이냐며 난리였다. 그렇지만 나는 곰처럼 버텼다. 다행히 7개월쯤부터 발현증상은 끝이 났고 드디어 뽀얀 아기 살결로 돌아왔다.

나는 이 모든 게 떡볶이 때문이라고 생각했다. 그러나 남편은 면역력이 약해서일 것이라고 생각했다. 신생아 때부터 아들은 계속 물똥을 쌌고 자주 토를 했다. 나는 모유가 물젖이어서 그러려니 했지만, 남편은 불현듯 근육병 때문에 장 근육이 약한 것이 아닌지 의문이 생겼다.

아들은 걸음을 늦게 떼었다. 7개월쯤부터 벽을 짚고 일어서기는 했지만, 제대로 걸음마를 시작한 것은 돌이 훌쩍 지나서였다.

남편의 눈은 조카들을 보던 그 눈빛으로 돌아가 아이의 다리에 계속 초점이 맞춰졌다. 그의 기나긴 두려움이 남몰래 시작되었다.

첫아이를 낳아 기르면서 아이를 열 명도 낳을 수 있겠다는 우스갯말을 했다가 친정엄마한테 한 소리 들었다.

"애를 너 혼자 키웠나?"

둘 이상은 안 된다고, 하나만 잘 기르자고 진지하게 말씀하셨다. 우리도 그럴 생각이었지만, 어느 날 둘째가 생겼다. 신기하게도 둘째는 생기자마자 느낌이 왔다. 내 몸 안에 무언가 생긴 느낌으로 임신 테스트를 해보니 정말 임신이었다. 삼 년만 도와주려 했던 친정엄마의 계획은 무기한 연기되었다.

첫아이 때처럼 둘째 역시 별다른 검사 없이 패스해 버렸다. 둘째는 딸이었다. 녀석은 뱃속에서부터 유난을 떨었다. 태동부터가 첫째와는 너무도 달랐다. 조심스레 움직이던 아들과는 달리, 마치 뱃속에서 고래가 노니는 것처럼 크고 묵직한 팔다리가 느껴졌다. 초음파 검사를 할 때면 제 심장박동 소리에 놀라 두리번거리는 모습이 보였다. 참 씩씩하고 호기심 많은 녀석이겠구나 싶었다.

첫째에 이어 둘째도 제왕절개로 낳았다. 첫아이 임신 때는 고기가 안 당겼는데 둘째 때는 매일매일 고기를 먹었다. 고기 외의 음식도 정신없이 먹었다. 그래서 무럭무럭 자라던 딸내미는 좁은 뱃속에서 견디다 못해 한 달 앞당겨 세상 밖으로 나오게 되었다. 이번에도 역시 친정엄마와 함께 병원에서 호사를 누렸다.

남편은 딸과의 첫 대면에서 제 손가락을 아기 손에 쥐여 주었다. 순간 깜짝 놀랐다. 움켜쥐는 힘이 장난이 아니었다. 첫아이 때와는 비교가 안 되었다.

'아, 원래 신생아의 쥐는 힘이 이 정도 되는 건가? 그렇다면?'

덜컥, 심장이 내려앉았다.

반면, 나는 둘째 아이를 가졌을 때 성별이 궁금하던 중 이런 생각을 했다.

'큰아이가 아들인데 혹시 문제가 있다면, 아픈 형을 도와주라고 둘째도 아들을 주실 것이다. 하지만 둘째가 딸이라면 큰아이도 문제없는 거다. 그러니 딸을 주시는 거겠지.'

마음속으로 이렇게 믿고 있었다. 병원에서 둘째는 딸인 것 같다는 얘길 듣고 그날부터 둘 다 건강할 거라는 생각에 긴장의 끈을 놔버렸다.

과연, 둘째는 건강했다. 아기 때부터 대변은 하루에 한 번, 예쁜 똥만 쌌고, 밤에도 기저귀를 간 적이 있었으나 기억나지 않을 정도로 엄마의 '육아퇴근'에 협조적인 아이였다. 생후 한 달쯤부터 천 기저귀만 사용했던 딸내미는 18개월부터 대소변을 가렸다. 걸음마도 일찍 시작했다. 이유식을 시작하면서 가리는 것 없이 넙죽 넙죽 잘 받아먹었고 곧 어른 밥상을 넘보며 숟가락질을 시작했다. 먹는 것에 진심이었으며, 말도 빨리 시작했다. '엄마'라는 단어보다 '맘마'라는 단어를 먼저 시작한 것 같기도 하다.

아이 둘을 키우다 지쳐 병이 나기 직전인 친정엄마를 위해, 13개월짜리 딸을 아침마다 태우고 나가 회사 근처의 가정형 어린이집에 데려다주고 출근했다. 아이는 첫날부터 엄마와 잘 떨어졌고, 잘 먹고, 잘 싸고, 잘 잤다. 첫날 알림장에 선생님이 적어주신 글은 "매우 잘 먹음"이었다. 매우 환경에 잘 적응하는 아이였다.

이렇게 갸륵한 딸을 보며, 남편은 아들 걱정에 시름이 쌓여만 갔다. 키도 작고 마른 아들과 딸의 성장이 비교되며 자꾸만 어두운 늪으로 빠져만 갔다.

구정물

"어떻게 아이를 둘이나 낳았어요? 혹시 유전되지 않을까 걱정은 안 했어요?"

근육장애인 부모님들에게 가장 많이 받는 질문이다. 그때마다 답변이 궁색해진다. '그놈의 술 때문에' 혹은 '그냥 아이가 생겨서'라고 웃으며 대충 얼버무린다.

큰아이가 다섯 살이던 해, 남편은 한국희귀질환재단의 지원으로 2006년에 받은 검사보다 더 정밀한 유전자 검사를 받게 되었다. 이번에도 이상 염색체가 발견되지 않았다. 남편은 돌연변이일 확률이 높다고 했다. 그러나 향후 더 발전된 검사를 받게 되면 그때 발견될 수도 있다는 얘기도 같이 들었다.

최신 의학 정보에 따르면 수많은 근육병 종류 중에 모계유전인 경우는 많지 않다고 한다. 오랜 세월 잘못 알려진 정보로 인해 수많은 어머니가 죄인처럼 살았을 것이다. 남편의 어머니처럼.

큰아이는 초등학교 저학년 때 너무 작고 말라서 친구들에게 괴롭힘을 당했었다. 남편은 살이라도 찌우자며 많이 먹이기 시작했고 아이는 무럭무럭 자라서 비만아가 되었다. 덩치가 커지니 더 이상 친구들에게 밀리진 않게 되었으나 얼마 전 학교에서 실시한 건강검진 결과, 간 수치가 높다며 재검사받으라는 연락이 왔다. 근육장애가 있는 남편도 간 수치가 높다. 남편에게 충격적인 소식이었고 나 역시도 긴장했다.

당장 가까운 소아청소년과에 가서 혈액검사를 받으면서 심근경색, 근이영양증, 다발성근염 등 근육 이상 질환 여부를 확인할 수 있는 CPK 검사도 추가로 요청했다. 결과는 정상이었다. 간 수치가 높은 것은 비만 때문인 것 같지만 그래도 모르니, 대학병원에 가서 정확한 검사를 받으라고 했다. 혹시나 하는 마음으로 찾아간 대학병원에서는 근육병과 관련성은 없어 보인다고 했다. 둘 다 가슴을 쓸어내렸다.

내가 지어준 남편의 별명은 '걱정 인형'이다. 늘 걱정이 많다. 나는 제발 쓸데없는 걱정 좀 앞서 하지 말라며 타박하기만 했지, 두 아이를 키우는 내내 남편의 속마음을 몰랐었다. 우리 부부는 대화가 많았다. 같은 회사에 다녔고 인맥도 겹치고 관심사도 같으니 늘 수다스럽게 많은 얘기를 나누며 살아왔다. 그러나 정작 임신과 출산, 그리고 육아의 과정에서 남편이 어떤 마음으로 살아오고 있었는지 나는 몰랐다. 한 번도 제대로 묻지 않았고 남편도 나에게 얘기하지 않았었다.

최근에야 그때로 돌아가 기억을 더듬으며 남편과 이런저런 얘기를 많이 나누게 되었다. 내가 잊고 있었던 지난 기억, 남편의 희미해진 기억 조각들을 둘이서 함께 맞춰보는 시간을 가지며, 그간 몰랐던 남편의 오랜 괴로움과 처음으로 직면하게 되었다.

남편은 아이를 키우며 느낀 감정을 하나의 단어로 표현했다. '구정물' 같다고.

고여있을 때는 그저 맑은 듯 보이지만, 누군가 흔들어버리면 바닥에 깔려있던 오물들이 다 일어나며 본래대로 혼탁해져 버리는 구정물. 부디 그 물이 흔들리지 않기를, 눈에 보이는 맑은 모습 그대로만 유지되기를 간절히 바라면서 살아왔다고 했다. 구정물이라니. 뒤통수를 맞은 것 같은 느낌이었다. 그 오랜 세월 간절했던 그의 마음과 기도를 난 왜 몰랐을까.

그렇다면 나는 어떤 마음으로 살아왔는가. 나 역시도 내 마음을 제대로 들여다보지 않은 채 살아왔다는 것을 깨달았다. 나는 우리 아이들이 건강할 것으로 믿었다. 아무 일 없으리라고 믿었다. 그것을 '믿음'이라고 착각했던 것 같다. 생각해보니, 그것은 믿음이 아니라 끝없는 회피였음을 알게 되었다. 내가 선택한 인생인데, 혹시나 잘못될까 봐, 후회할까 봐, 불행할까 봐 마음 깊은 곳에서는 늘 두려우면서도, 겉으로는 아무렇지 않은 척하며 회피하며 살아왔다. 장애가 있는 남편과 결혼하면서 모든 불행은 나를 비껴가리라 생각했다. 그래야만 했다.

돌이켜보니 실은 나 역시도 구정물이 흔들리지 않기를, 근육장애가 남편으로 끝나기를, 우리 아이들은 제발 아니기를, 아직 세상에 없는 아이들의 아이들까지도 미리 걱정하며, 오늘도 간절한 마음으로 주문을 외고 있었던 것이다.

PART 3

당신 때문에,

당신 덕분에

아빠는
아빠일 뿐

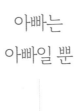

첫아이를 임신 중이던 때, 아기용품을 준비하라고 시댁에서 돈을 주셨다. 우리는 뭐부터 사야 할까 고민하다가 유아차(유모차)부터 샀다. 옷가지와 장난감은 물려받은 것이 많았고, 기저귀는 필요할 때 조금씩 사면 될 테니까 값비싼 유아차를 먼저 사둬야겠다는 게 예비 엄마 아빠의 생각이었다.

정말이지 바보 같은 선택이었다. 신생아를 당장 유아차에 태울 일도 없었고, 새로운 제품이 계속 쏟아져 나왔다. 결국 거금 들여 산 유아차는 1년 가까이 방치되었고, 큰아이는 서너 번 정도 탔을까. 작은아이는 단 한 번도 타지 않았다.

그러니까 유아차는, 우리에겐 처음부터 필요 없는 아이템이었다. 연애 시절부터 임신기간까지 나를 태우던 전동 휠체어가 있기 때문이다. 신생아일 때는 남편에게 아기 띠를 채웠고, 조금 커서부터는 아빠 무릎에 앉혔다. 나중에 큰아이는 휠체어 뒤에 발판을 달아 태우고 작은 아이는 휠체어 발판에 앉히고 다녔다. 그뿐인가, 모든 짐은 휠체어에 걸었다. 남편은 그렇게 유아차를 대신하고, 짐꾼을 자처하며 육아를 분담했다.

여느 평범한 남편처럼 형광등을 갈거나 못을 박거나 설거지해 주지는 못하지만, 또한 아들과 목욕탕에 갈 수 없고 목말을 태워주거나 레슬링을 해주지도 못하지만, 남편은 좋은 남편, 좋은 아빠이고자 했다. 형광등을 갈고, 못을 박는 내 옆에서 말로 코치해 주고, 설거지하는 내 곁에서 수다를 떨어주었다. 또 아이들과는 다양한 방법으로 놀아주었다.

'밥 잘 먹이는 아빠'

입이 짧은 아들이 밥투정을 시작하면 남편에게 아들을 넘긴다. 남편은 온갖 아이디어를 동원해 근력 없는 손으로 밥과 반찬을 입에 넣어주고 기어이 밥 한 그릇을 뚝딱 먹인다. 그 모습을 보고 있자면 입가에 절로 웃음이 지어지고, 그가 대단해 보였다.

'책 읽어주는 아빠'

맑고 또랑또랑한 목소리로 나를 반하게 만들었던 남편은 책 읽어주는 목소리 역시 좋다. 아빠가 퇴근하면 두 녀석이 책 읽어달라며 달려든다. 동물 울음, 바람 소리, 괴물 목소리, 여자 목소리

등 다양한 음성변조를 해가며 읽어주는 덕에 아이들은 넋을 잃고 듣다가 또 다른 책을 들고 온다. 그의 동화구연은 내가 들어도 재미있다.

수족관, 동물원, 박물관에서 관람할 때면 아이 눈높이로 설명해 주고 색종이 오려 만들기, 그림 그리기도 함께 하며 아빠 노릇에 늘 최선을 다했다.

태어나보니 장애인 아빠를 가지게 된 남매는 자연스럽게 아빠를 돕는 방법을 배웠다. 특히 아들은 갓 돌이 지났을 때, 퇴근해서 들어오는 아빠에게 다가가 신발과 양말을 벗겨주길래 그 모습을 보고 신통방통했었다. 여섯 살쯤부터는 아빠의 휴대용 소변기도 곧잘 비울 줄 알게 되었다.

어느 아침이었다. 정말 순식간에 벌어진 일이었다. 남편이 화장실 입구에 선 채 다음 걸음을 옮기려는데 갑자기 네 살짜리 딸이 달려오더니, "까꿍!" 하며 아빠 엉덩이를 툭 민다. 남편은 휘청하더니 발목이 꺾인 채 화장실 바닥에 넘어져 버렸다. 너무나 갑작스러운 일이라 손 쓸 틈이 없었다. "아아악!" 남편은 비명을 질렀고, 당황한 나는 어찌할 바를 모르고 서 있다가 얼른 일으켜 앉히고 괜찮은지 살피고 있는데 딸내미가 어디론가 냅다 달려간다. 먹다 남은 식빵 조각을 들고 와서 아빠 입에 넣어주고는 토닥거린다. 그녀의 행동을 분석해 보자면, '아빠가 나 때문에 넘어졌다 → 미안하다 → 평소라면 절대 주지 않을 먹을 것을 양보한다'인 것 같았다. 그녀 나름의 진심 어린 사과법이었으리라. 둘 다 어이가 없어 헛웃음이 나왔다.

그날 저녁, 남편은 양발에 깁스를 한 채 나타났다. 온종일 외근이었는데 보도블록 때문에 휠체어 발판이 흔들릴 때마다 고통이 너무 심해서 병원에 갔더니 한쪽 발은 발목뼈에, 한쪽은 엄지발가락에 금이 갔다고 했다. 어차피 휠체어를 타니 한동안 절대 발을 사용하지 말라는 의사의 당부에 당장 씻는 것이 문제여서 목욕의자를 빌려왔다. 몇 주 지나면 다시 괜찮아질 거라고 생각했다.

뇌성마비 장애로 양쪽에 목발을 짚고 쓰러질 듯 불안하게 걷던 한 청년이 있었다. 보는 사람 입장에서도 위태롭고 불편해서 제발 휠체어를 탔으면 하고 바랐다. 그러나 그 청년은 오래도록 휠체어를 사지 않았다. 휠체어에 앉는 순간, 정말로 못 걷는 사람이 되는 것이 싫다고 했다. 걷는 것은 그에게 자랑이자 희망이었다.

"난 아직 좀 걸어."

남편도 근육장애 환우들과 만나면 이렇게 말하곤 했었다. 눕거나 앉은 상태에서 혼자 못 일어나지만 일단 허리를 일으켜 세워

한 손에는 지팡이를 짚고, 다른 한쪽에서 부축해주면 실내에서나마 몇 발자국씩 걷던 그 걸음은 그에게도 커다란 자부심이었으리라. 그런 그가 딸의 까꿍 놀이로 인해 4주 동안 깁스를 하게 되면서 다시는 걷지 못하게 되었다.

어린이집의 참여 수업에는 항상 내가 참여했었다. 다른 집들도 아빠가 오는 경우는 거의 없었다. 참여 수업에서는 항상 몸을 쓸 일이 많았었다. 어느 날, 첫째 아이의 반에서 '아빠 초청의 날' 행사가 열렸다. 아빠들 대상인만큼, 더욱더 몸 쓰는 프로그램이 많을 거 같아서 당일 아침까지 수많은 생각이 교차했다.

'큰아이네 교실은 휠체어가 들어갈 수 없는데. 어떡하지?'

'남편이 프로그램을 다 감당할 수 있을까?'

'아빠가 휠체어 타는 것을 친구들이 알게 돼도 아이가 괜찮을까? 다른 아빠들이랑 비교돼서 속상해하진 않을까?'

그러나 우려와는 달리, 교회 부설이던 어린이집에서는 엘리베이터가 있는 교회 2층 공간을 빌려 행사를 준비했고, 남편은 활동지원사와 함께 가서 본인이 할 수 있는 것은 본인이 하고, 못하는 부분은 활동지원사에게 부탁했다. 아이는 그날 너무너무 재미있었다며 잠들기 전까지 수다를 떨었다. 아이 눈에는 휠체어를 탄 아빠 또한, 그저 '내 아빠'였다.

아이들은 아빠가 어린이집에, 학교에 오는 것을 무척 좋아했다. 공개수업, 입학식, 졸업식, 운동회 때 아빠 온 것을 확인하면 신이 나서 손을 흔든다. 친구들이 아빠 휠체어를 보고 신기해하면 으쓱하며 보란 듯이 휠체어 뒤 발판에 올라탄다.

휠체어 탄 아빠와 10년 넘게 다니다 보니 멀리서부터 휠체어 진입이 가능한 곳인지, 아닌지 딱 알아본다. 아빠와 음식점에 가게 되면 잽싸게 의자를 치워 아빠 자리를 확보해 준다. 활동지원사 없이 숙박여행을 할 때도 큰 도움이 된다. 엄마가 아빠를 안아 세우고 버티는 동안 아들은 잽싸게 속옷과 바지를 입힌다. 장애인 화장실이 없는 경우엔 남자 화장실에 아들이 따라 들어가 아빠를 돕는다.

남편은 아이들을 데리고 다니는 걸 좋아한다. 특히 근육장애인 모임에는 자랑처럼 아이들을 데리고 다녔다. 주말이면 쉬고 싶어 하는 나를 두고, 아이들을 데리고 집을 나선다. 아이들도 아빠랑 다니는 걸 좋아한다. 이제 좀 컸다고 내게는 가끔 반항도 하지만, 아빠에게는 한없이 너그러운 아들과 딸이다.

디테일에
약한 남자

    늘 말끔함을 유지하고 다니는 남편은 혼자서 일어설 수도, 씻을 수도 없다. 혼자서 옷을 입을 수 없다. 그가 우아한 백조가 되기 위해서는 누군가의 치열한 발버둥이 필요하다.

    그의 아침 시간은 길다. 새벽같이 일어나 밤사이 굳어 있던 근육을 깨우기 위해 팔다리를 주물러줘야 한다. 그리고 앉혀준 다음 간단한 요깃거리를 준비한다. 원활한 배변 활동을 위해 뭐라도 먹여야 한다. 아침을 먹지 않던 내가 그를 위해 아침을 준비한다. 다 먹고 나면 화장실로 이동한다. 딸의 까꿍 사건 이후로 아예 걷지 못하게 되면서 조끼형 슬링(sling)을 몸에 채운 후 거치형 리프트로 들어 올려 이동형 리프트에 옮겨 앉힌다. 화장실까지 밀고 가서 또다시 거치형 리프트로 들어 올려 변기에 앉힌다.

편의시설 여부를 알 수 없는 장소에서 화장실이 급해지는 불상사가 생기지 않으려면 낮 시간 내내 물도 삼가고 매운 음식도 피해야 할 뿐만 아니라, 반드시 아침에 용변을 해결해야 안심이 되는 오랜 습관이 생겼다. 그로 인해 그가 개운하게 볼일을 다 볼 때까지 나는 대기 상태. 꾸벅꾸벅 졸다가 그가 호출하면 정신을 차린다.

변기에 앉은 채 샤워를 시작한다. 근력 없는 양손을 맞잡고 기나긴 양치를 한 다음, 샤워기를 대주면 입가심을 한다. 머리를 감긴 후 거품을 풍성하게 내어 얼굴과 온몸에 비누칠해주면, 면도기를 양손에 꼭 쥐고 정성껏 면도를 한다. 면도가 끝나면 온몸 구석구석 뽀드득 소리가 나도록 헹궈준다. 물 온도에 예민해서 아예 샤워기를 계속 틀어놓아야 한다. 리프트로 상체를 들어 준 후에 하체도 꼼꼼히 씻겨준다.

수건으로 물기를 닦은 후 휠체어에 앉힐 때 속옷과 바지의 주름이 없도록 잘 펴줘야 한다. 조금이라도 주름이 잡히면 온종일 짓눌려 살이 아프기 때문이다. 그가 머리를 말리고 면봉으로 귀를 소지하는 동안, 발에 로션을 발라주고 양말과 구두를 신긴다. 셔츠를 입히고 바지 안에 넣어 맵시를 내주고 넥타이를 매준다. 외투를 입히고 안경을 끼워준다. 그제야 나의 아침 업무가 끝이 난다. 두 시간 이상 걸리는 그의 외출준비를 끝내고 나면, 나의 시간은 없다. 얼른 씻고 옷 입기 바쁘다. 화장 따위 잊은 지 오래다.

밤이 되면 칫솔에 치약을 묻히고 양치 컵과 물바가지를 준비한다. 물수건으로 얼굴과 손을 닦는다. 침대에 눕히기 전, 매트리스 커버를 다시 한번 쭉 펴준다. 베갯잇에도 주름이 잡히면 안 된다. 베개 각도도 잘 맞춰야 한다. 그런 다음 침대에 옮겨 앉힌다. 물수건을 적셔 몸을 닦아준다. 온종일 속옷 제봉선에 눌려 아팠던 곳을 마사지해준다. 가려운 곳을 긁어준다. 가끔은 손톱, 발톱을 깎아준다. 코끼리 발톱에 내향성 발톱이라 근력 없는 그의 손으로는 어림도 없다. 살살 깎는데도 그는 아프다고 엄살이다.

남편은 침대에서 자고, 나는 아이들과 바닥에서 자는데, 혼자 힘으로 이불을 끌어 올릴 수가 없어서 이불이 침대 아래로 떨어지지 않도록 끝을 잘 가다듬어 줘야 한다. 혼자서 몸을 돌릴 수 없어서 언제 날 부를지 모른다. 밤새 대기 상태다. 자다 말고 호출하면 굳어진 몸을 좌로 우로 돌려줘야 한다. 겨우 잠이 들면 이내 먼동이 튼다. 다시 또 아침이 시작된다.

근육 장애로 인해 이렇게 디테일에 약해져 가는 남편 덕분에, 나는 점차 디테일에 강한 아내가 되어 간다. 내 몸 관리하는 것도 귀찮아하던 내가, 내 몸보다 더 애지중지해주는데도 그는 늘 만족스럽지 않은 눈치다. 본인 손이 아닌, 남의 손을 빌려야 하기 때문이다.

도무지 모르겠다. 구석구석 꼼꼼히 헹구었는데, 남편은 덜 씻긴 것 같다고 말한다. 내 눈에는 큰 차이가 없는데, 바지가 오른쪽으로 돌아갔다 하고, 양말이 꽉 낀다며 더 빼달라고 한다. 웬만하면 그냥 넘어 갔으면 좋겠는데, 그러질 못한다. 어쩔 때는 일부러 그러는 것 같은 마음에 약이 오른다.

그때는 활동지원 서비스 시간이 짧아 급여가 적으니 지원자가 없었고, 남성 활동지원사나 이른 새벽 시간에 와줄 사람은 더욱 구하기 힘들었기 때문에 많은 시간을 내가 감당해야 했다(가족에게는 활동지원사 인건비 지급이 되지 않는다). 육아에, 직장생활에, 남편 활동 지원까지. 1인 3역을 하면서, 그의 디테일한 요구가 날로 더해지면서 나는 점점 지쳐갔고 어쩔 땐 하녀가 된 듯한 기분이었다.

결혼계획이 없던 나에게도 남편 이상형은 있었다. 설거지하는 남자, 빨래 개는 남자, 다림질 잘하는 남자. 혹시 결혼하게 되면 집 안일 중에 이 세 가지 정도는 해주는 남자이길 바랐다. 하지만 이 결혼을 선택한 이상, 여전히 내가 그런 것에 미련을 뒀을 리는 없지 않은가. 내가 남편에게 바라는 것은 말뿐이었다. 고맙다는 말. 그런데 남편은 점차 그 말을 아꼈다. 아니, 고맙다고 말로 잘 표현하진 않아도 알 수 있었는데, 언제부턴가 그조차도 느껴지지 않았다. 고마워하기는커녕 이제는 당연하다는 듯, 불평하는 모습들을 보며 서운해지기 시작했다.

사람 마음이 참 그렇다. 상대방이 불만족한 듯하면 더 잘해주면 될 것을, 심술이 나서 잘해주기 싫어진다. 점점 내 몸을 사리게 된다. 그 마음은 남편에게 고스란히 전해졌을 테다. 미묘한 감정의 줄다리기가 계속되면서 우리 사이에는 미움과 원망이 싹트기 시작했다. 점점 감정의 골이 깊어졌다. 그렇게도 사랑스럽고 소중하던 남편은 온데간데없어졌다.

쌓였던 감정이 터져 싸움이 시작되면, 옥신각신하다가도 할 말을 잃는 순간이 온다.

"내가 장애가 없었다면 이런 일은 없었겠지."

남편의 결론은 늘 자신의 장애로 귀결되었다. '기승전장애'로 끝나버리는 대화. 이렇게 결론이 나면 더 이상 대화를 이어갈 수가 없다. 그 말을 내뱉는 남편에게도, 듣는 나에게도 큰 상처가 되었다. 장애가 있어도 그리 당당했던 사람이 자꾸만 장애를 거론하는 것이 실망스럽고 이해하기 어려웠으며 화가 났다. 사랑하는 데 있어, 살아가는 데 있어 장애는 전혀 문제가 되지 않을 거라고 말하던 우리였는데, 살다 보니 점점 장애 때문에 상처 주고, 상처받는 날이 늘어갔다.

나만의 시간

살아오면서 이렇게도 간절히 혼자이길 원한 적이 있었던가.

어려서부터 늘 사람 많은 환경에서 자랐기에 혼자 있는 것이 어색했다. 곁에 누군가 있어야 편안했다. 몇 차례나 전학을 다니면서 나의 첫 번째 과제는 친구를 사귀는 것이었다. 시설에 살면서도, 고등학교에 가서도, 대학에 가서도, 직장생활을 하면서도 나는 늘 관계 지향적인 사람이었다. 모든 사람과 좋은 관계를 맺고 싶었고, 그 관계를 유지하기 위해 무던히 노력하고, 애써 만든 좋은 관계가 흔들릴 때 세상을 다 잃은 듯 혼란을 느끼던 나였다.

그런 내가 두 아이의 엄마가 된 후부터는 줄곧 혼자만의 시간을 갈망하게 되었다. 혼자 편안하게 밥을 먹고 싶었고, 혼자 카페에 앉아 책을 읽고 싶었다. 아무도 없는 곳에서 온종일 잠을 자보고 싶었다. 그저 혼자가 되고 싶었다.

새벽마다 남편 몸을 돌려주고, 아침엔 남편 준비를 마친 후, 아이들을 어린이집에 데려다주고, 출근해서 온종일 일하고, 퇴근해서 애들 밥을 먹이고, 치우고, 놀아주고, 씻기고, 남편이 오면 저녁 수발을 들고 나서 애들을 재우는 반복된 일상. 주말에는 교회도 가야하고, 친정엄마를 쉬게 해드리기 위해 아이들을 데리고 어디라도 외출을 해야 했다. 남들이 부러워하는 친정엄마 찬스를 매일 쓰는, 호강에 겨운 삶을 살면서도 나는 나의 일상이 버거워졌다. 어떻게 하면 조금 더 잘까, 조금 더 쉴까만을 고민했다. 게으르고 이기적인 모습을 스스로에게 발견하며 한없는 우울감과 죄책감에 빠져들었다. 날마다 이 현실에서 도망치는 꿈을 꾸었다.

그때 나의 가장 큰 소원은, 아이들과 남편의 취침 준비를 마무리해놓고 홀가분하게 혼자 심야 영화를 보러 가는 것이었다. 아이들 눈높이의 애니메이션, 남편이 좋아하는 헐리우드 영화가 아닌 내 취향의 한국 영화를 보며, 육아퇴근을 만끽할 수 있는 나만의 시간을 갖고 싶었다. 그러나 남편도 엄마도 그런 나를 이해하지 못했다. 왜 위험한 밤중에 아기 엄마가 혼자서, 굳이 영화를 보러 나가냐는 것이었다. 집에서 차로 십 분 거리 극장에 가서 주차장에 차를 세우고 들어가 딱 두 시간일 뿐인데. 매일도 아니고, 매주도 아닌데. 그 몇 번 되지 않는 나만의 시간을 갖기 위해 매번 투쟁해야 했다. 아이들이 늦게 잠드는 날은 상황을 살피다 지쳐 그냥 포기하는 날도 있었고, 오기를 부려 끝까지 우겨서 나간 날은 내내 불편한 마음으로 영화를 관람했다. 돌아오는 길이 너무도 허부하고 서글펐다.

지금 생각해보면, 그깟 영화 한 편 보는 게 뭐라고 그랬을까 싶지만, 그때의 나에게는 꽤 간절했다. 그런 나의 마음을 몰라주는, 짧은 시간조차 흔쾌히 내어주지 않는 남편에 대한 원망이 차곡차곡 쌓여갔다.

결혼 후, 남편과 떨어져 본 적이 없었다. 아이가 생긴 후로는 더더욱 그랬다. 다들 이렇게 살 거라며 스스로 다독이면서도 자유로운 삶을 꿈꾸던 내가 현실에선 어두운 감옥에 갇혀버린 것 같았다. 혼자만의 시간은 이대로 영영 돌아올 것 같지 않아 숨이 턱턱 막혔다.

그러던 중 활동지원 서비스 시간이 늘었고 남편과 몇 년 전부터 친하게 지내던 동생이 활동지원사를 하게 되었다. 평일 아침 시간과 저녁 시간에 나를 대신할 사람이 생긴 것이다. 이제 나의 일상은 꽤 여유로워질 텐데, 이상하게도 질투가 났다. 동생이 불편하게 느껴지고, 마음에 안 들었다. 남편을 빼앗긴 것 같다는 감정이 일어났다. 한편으로는 자유를 원하면서, 다른 한편으로는 남편에게 더 이상 내가 필요 없어진 것 같다는 허탈감과 상실감으로 몇 개월을 헤매었다.

그때쯤부터 내 눈에 남편이 오만해 보이기 시작했다. 아내인 나보다도 동생의 보조를 받는 것이 더 편했는지, 그의 얼굴이 훤해지는 듯 했다. 말도 잘 듣고, 운전도 가능하고, 힘도 센 활동지원사가 생겼으니, 이제 더 이상 나에게 아쉬울 게 없겠지 싶었다.

대학 시절 미국으로 어학연수를 갔다가 교통사고를 당해 경추 손상을 입은 지인이 있다. 가끔 한국에 오면 우리와 함께 식사하곤 했는데, 그는 아내와 활동지원사는 분리되어야 한다고 주장했었다. 활동 지원을 하면서 배변 처리까지도 아내가 하게 되면 성욕이 없어지지 않겠냐면서. 글쎄, 총각인 그의 말에 우린 아무렇지 않다고 답했었다. 정말 그랬었다.

오히려 우리는 그때, 몸이 멀어지며 마음도 멀어지게 된 것이 아니었을까. 상대를 향해 미운 마음이 들다가도 어쩔 수 없이 스킨십을 하다 보면 자연스럽게 마음이 풀리는 경우가 많았다. 터지기 일보 직전인 여드름을 짜준다거나, 코끝에 남아있는 콧물이나 눈곱을 닦아주다 보면 나도 모르게 스르르 화가 풀리는 것이다. 사소한 부딪힘과, 소소한 화해의 시간들이 줄어들면서 애증과 함께 애정까지 식어 버렸는지 모른다.

어쨌든 그때도 온전히 해방되지는 못했다. 주말은 여전히 나의 담당이었고, 공백이 생기는 시간은 내가 다 메꿔야 했다. 게다가 왜 하필 활동지원사 출근 전이나, 퇴근 후에 별안간 화장실이 급해지는 건지, 내게 SOS를 외치는 타이밍이 참 얄궂었다.

밴쿠버 신혼여행 때 함께 했던 친구가 몇 년 만에 한국에 놀러 왔다. 이제 활동지원사도 있으니 미리 엄마와 남편의 동의를 구해, 결혼 이후 처음으로 2박 3일 여행을 떠나기로 했다. 오랜만에 자유를 만끽할 생각에 들떴다. 하지만 떠나는 날, 당시 여섯 살, 네 살이던 아이들이 골목까지 쫓아오며 가지 말라고 매달리는 것을 어렵게 떼놓고 갔더니만, 단단히 삐친 건지 영상통화를 할 때 쳐다보지도 않고, 여행을 마치고 돌아간 후에도 엄마가 아닌 할머니랑 자겠다고 해서 큰 충격을 받았다. 고작 삼 일이었는데도 엄마에게 버림받은 느낌이었던 것일까. 그 후로는 어딜 가든 꼭 아이들을 데리고 다녔다. 그렇게 '나만의 시간'은 언제나 순위권 밖으로 밀려나 있었다.

---

* 활동지원사는 나에게서 남편을 독립시켰다. 활동지원 서비스가 제도화된 지 십여 년이 지난 지금, 가족에게만 의존했던 중증 장애인은 집안의 천덕꾸러기 혹은 도움에 의존하던 수혜자에서, 자신의 권리를 주장할 수 있는 소비자가 되었고, 가족 또한 돌봄 노역에서 상당 부분 해방되었다.

당신을 만나지
않았더라면 ❶

남편은 나와 함께 다니던 한벗재단을 그만두고 창업을 했다. 같은 부서의 마음 잘 맞는 동갑내기 동료와 함께였다. 창업도, 동업도 뜯어말려야 했지만, 난 그러지 않았다. 대다수의 사람들이 실패로 끝나지만, 남편은 실패할 것 같지 않았다. 그는 뭘 해도 잘 될 사람, 크게 될 사람이라는 기대가 있었다.

특수학교 학생, 공공기관 장애인 근로자를 주 고객층으로 하여 보조기기 유통업을 시작했다. 공공입찰도 따내고 홍보도 열심히 했다. 사업계획서도 훌륭했고, 자신이 좋아하고 잘 아는 분야이니 실패 확률은 매우 낮아 보였다. 장애인기업지원센터에 무상으로 입주도 했고, 서울형 예비사회적기업 지정도 받았다. 인건비 지원을 받게 되어 직원도 채용할 수 있었다. 모든 게 순조로웠다. 덩달아 나까지 한껏 마음이 부풀었다.

나는 두 번째 육아휴직이 끝날 무렵 한벗재단에 복귀하지 않고 이직했다. 부모님과 잘 아는 지인이 운영하는 사회적기업이었다. 창립 초기부터 계속 함께 일하자고 했었고, 나 역시 새로운 일을 해보고 싶었다. 사업을 알리기 위해 동분서주 바삐 움직인 덕에 TV에 출연하고 잡지에 기사가 실리고, '피터드러커 혁신상'을 받았다. 서울시로부터는 사업비 지원도 받게 되며 회사는 급성장했다. 재미와 보람을 느꼈지만, 오랜 기간 비영리단체에서만 일했던 나와는 맞지 않는 부분이 있어 1년 만에 그만두었다.

남편과 연을 이어오던 근육장애인협회의 회장이 3년 임기를 못 채우고 1년 만에 회장직을 내려놓았다. 남편에게 회장직 제안이 들어왔다. 며칠 동안 함께 고민하다가 수락했고 이사회, 총회를 거쳐 남은 2년간 협회를 이끌어 갈 임시회장으로 선출되었다. 동업하던 친구에게 동의를 구하고 협회 일을 맡았다. 나 역시 협회가 자리 잡을 수 있게 돕기로 했다. 그때는 재정이 부실한 탓에 우리 둘 다 무보수로 일했지만, 보람을 느낄 수 있었다. 각종 사회복지 공모사업을 따내어 사업비를 마련했고 뜻이 서로 맞는 청년 활동가를 모집하여 함께 열정적으로 일했다.

그는 희망 없던 소년 시절, PC통신으로 만났던 동료들에게 받은 에너지를 다시 누군가에게 되돌려주고 싶었다. 근육장애가 있어도 직장 생활이 가능하고, 결혼해서 아이를 낳고 사는 평범한 삶을 환우들도 누리길 바랐다. 지역협회마다 찾아다니며 소통하고 다양한 프로그램을 통해 회원들을 만났고, 근육장애인 정책 제안을 위해 힘 있는 장애인 단체와의 연대활동도 진행하며 협회를 널리 알렸다.

그때 우리는 수많은 근육장애인과 그들의 부모를 만났다. 그분들은 자기 자녀와 같은 근육장애를 가진 사람과 결혼해서 아이까지 둘 낳고 사는 나를 대견해했다. 내 마음이 하늘 높은 줄 모르고 치솟은 것, 그때부터였는지 모른다. 많은 사람에게 그런 시선을 받으니 스스로가 대단한 사람이 된 듯 우쭐해졌다. 자기 연민과 자기애에 빠지기 시작했다. 이런 나하고 사는 남편은 나에게 감사해야 하는데, 감사할 줄을 모른다. 오히려 무보수로 돕고 있는 나를 부하 직원처럼 하대하는 것 같아, 날을 세우기 시작했고 그와 자주 대립하게 되었다.

결국 함께 일하면서 많이 부딪힌 것도 있었지만 둘 다 수입이 없는 상태로 더 이상 버틸 수 없어 나는 협회 일에서 빠지기로 했다. 어디 나 없이 해보라는 심보였는지도 모른다. 다행히 나는 예전 직장인 한벗재단에서 연락이 와서 얼른 복직했다.

남편이 창업한 회사는 협회 일에 밀려 소홀해질 수밖에 없다

보니, 자본금이 바닥나면서 더 이상 운영이 힘들다는 결론을 내렸고, 결국 합의 하에 폐업했다. 다행히 친구는 잃지 않았지만 빚이 남았다.

1년이 지났어도 남편은 여전히 무보수였고, 아이들이 자라며 돈 나갈 일은 많았다. 혼자 벌며 생활고를 겪다 보니 이 모든 상황이 남편 탓으로 여겨지기 시작했다. 회장은 왜 맡았는지, 망할 사업은 왜 벌였는지, 아니, 애초에 따박따박 월급 받던 직장은 왜 때려치웠는지 꼬리에 꼬리를 무는 원망이 계속되며 그와 결혼한 것, 그때 우리가 만났던 것까지도 후회됐다. 속았다는 생각마저 들었다. 나를 반하게 했던 그의 목소리도 듣기 싫고, 한 공간에서 숨쉬고 있는 것도 싫고, 그의 모든 것이 꼴도 보기 싫어졌다.

내가 너를 만나지 않았더라면, 이렇게 고생하며 살지 않았을 텐데, 혼자서 자유롭게 살고 있었을 텐데. 이런 생각이 거듭될수록 이 결혼을 한 것이 너무나 후회스러웠다. 지나온 내 인생이 아까웠다. 더 이상 결혼생활을 유지하고 싶지 않아졌다. 심지어 부모님이 나를 조금 더 말려주셨더라면 하는 생각까지도 들었고 하나님까지 원망하기 시작했다. 결국 이렇게 될 것인데 저런 인간을 왜 만나게 하신 건지 이해가 되질 않았다. 교회도 나가지 않기로 했다. 그때부터 내 마음은 이혼을 향해 달려갔다.

불혹의 나이, 두 아이의 엄마. 한심해진 외모, 궁핍한 살림. 더 이상 잃을 것도 없지만, 더 이상 잃고 싶지 않았다. 내 인생에서 저 인간만 없어지면 될 것 같았다. 그럼 어떻게든 살아낼 수 있으리라. 너 하나만 빠져주면.

나는 이혼하면
안 되나요?

"이혼하자!"

"그래, 이혼해!"

어느 날 밤, 싸움 끝에 입으로 내뱉어 버렸다. 이제 주워 담을 수 없게 되었다. 그날부터 맹렬한 전쟁이 시작되었다.

남편은 아이를 자기가 키우겠다고 했다. 말도 안 되는 소리였다. 합의이혼은 안 되겠으니, 소송으로 가야 했다. 남편도 나도 이혼 상담을 받고 와서 소송에 대비하기 시작했다. 그 과정에서 우리는 온갖 비열함과 치졸함을 드러냈다. 서로서로 몰래 증거를 수집했다. 귀책 사유를 만들기 위해 상대방에게 흠집을 낼 수 있는 거라면 뭐든 가릴 것이 없었다. 기세등등한 남편을 보면서 어이가 없었다. 나 자신과의 마음속 문답도 시작되었다.

'진짜 이혼할 거야? 애들 생각은 안 해?'

'친정엄마랑 같이 잘 키우면 되지!'

'남편이 키우겠다고 하면?'

'그러니까 소송에서 이겨야지! 법은 내 편일 거야!'

'그럼, 부모님과 친정 식구들에겐 어떻게 말할 거야?'

'좋다고 우겨서 결혼해 놓고서 이제 와 이혼? 부모님 가슴에 진짜 대못을 박으려고?'

'널 좋게만 보고 항상 응원해 주던 사람들한테 이혼했다고 얘기할 자신은 있고?'

'넌 쓰레기 취급을 받을 거야, 욕먹으며 살게 되겠지!'

온갖 생각이 올라오며 이제라도 마음을 바꾸라고 나를 말렸지만, 결국 감정이 이성을 이겨버렸다. 나는 꼭 이혼에 성공하고 싶었다.

일단 친정 식구들을 설득해야 했다. 결혼 승낙을 받을 때처럼, 엄마께 먼저 말씀드렸다. 엄마는 어떻게 네가 이혼할 생각을 할 수가 있냐며 펄쩍 뛰셨다. 아이들이 받을 상처를 생각해보라고, 또 정서방 혼자서 어떻게 사냐고 말도 안 되는 소리 하지 말라며 일축해버리셨다.

한 지붕 아래 살면서도 엄마께는 항상 괜찮은 척했었다. 엄마가 속상해하는 것이 싫어서 부부싸움을 해도 엄마께 제대로 말씀드리지 않았다. 그런 내가 처음으로 그간 쌓아두었던 묵은 감정들을 쏟아내며 서러운 눈물을 펑펑 쏟아내었건만 엄마는 같은 말을 반복할 뿐이었다. 7년이나 함께 살았던 사위를 생각하면 안쓰러워 이혼은 절대 안 될 일이었다.

아빠라도 설득하기로 했다. 아빠께 남편을 천하에 없는 나쁜 놈으로 만들고 도저히 힘들어서 더 이상 같이 살 수가 없다고 말씀드렸다. 아빠는 내 이야기를 들으며 사위에 대해 적잖이 실망하셨지만 그래도 이혼만은 안 된다고 하셨다. 결혼 승낙을 받을 때처럼 이혼 승낙을 받는 것도 호락호락하지 않았다. 그래도 결국 팔은 안으로 굽을 거라는 마음에, 끝까지 밀어붙일 생각이었다.

우리는 이혼이 정당해지도록 주변 사람들을 설득해야 했다. 그동안 우리를 축복하던 사람들에게 '오죽하면 이혼했겠냐?'라는 심적 동의를 구해야 했다. 결혼식 때 축사를 해주셨던 백 선생님은 어떻게든 화해시키려고 노력하셨지만, 둘 다 눈에 뵈는 게 없었다. 나는 나대로, 저는 저대로 인맥 사슬을 만들어갔다.

그때 첫째는 일곱 살, 둘째는 다섯 살이었다. 남편과 마주하고 싶지 않아 주말마다 친구 집으로 아이들을 데리고 가서 잤다. 내 집보다 더 편하게 느껴졌다. 그날도 여느 때처럼 짐을 챙겨서 나가려고 하는데, 아들이 그날따라 가기 싫다고 했다. 평소엔 그 집 가서 노는 것을 정말 좋아했던 아들인데 그날은 가지 말자고 계속 버티는 것이다. 내 손을 잡고 끌어당기더니 방에 들어가서 나를 가르쳤다.

"아빠 자리는 여기, 엄마 자리는 여기야. 동생 자리는 여기, 내 자리는 여기야. 잠은 자기 자리에서 자야 하는 거야. 알았지, 엄마?"

마치 어린이집 선생님이 아이들에게 하듯 온몸으로 잠자는 위치를 짚어주며 반복해서 말해주는 것이다.

'이게 무슨 소리지? 얘가 왜 이런 얘기를 하는 거지?'

뜬금없는 자리 타령에 순간 멍해졌다.

'남편이 그렇게 시켰나 보네.'

화가 치밀어 올랐다.

"아빠가 시켰어? 엄마 따라서 어디 가면 안 된다고 했어?"

아이는 아니라고 했지만 난 믿지 않았다.

'변호사가 그렇게 조언을 해줬나 보네!'

당장 엄마 방으로 달려가 사위의 행태를 고하며 울부짖었다. 엄마는 그날, 마치 미친 사람처럼 날뛰는 나를 보고 너무 놀라셨다. 남편은 애들한테 그렇게 말한 적도 없고, 그런 일이 있는 줄도 몰랐다고 한다.

아무것도 모를 거라 생각했던 아이는 하루하루 긴장되는 상황 속에서 불안했을 거고, 자기만의 표현으로 가족을 지키려고 한 것이었다. 엄마라는 나는 도대체 무슨 짓을 하였던 걸까. 두고 두고 부끄럽고 후회되는 시간들이다.

엄마는 함께 상담소를 운영하셨던 소장님께 전화해 상의하셨다. 소송비 때문에 부담이 되었던 나에게 소장님은 즉시 전화하셔서 이혼소송을 도와주겠다고 하셨다. 다만, "법적인 이혼만 하는 것은 진짜 이혼이 아니다. 마음의 이혼을 해야 이혼 후에도 진정으로 행복해질 수 있다"라고 하시며 '가족세우기' 프로그램에 한 번만 오라고 하셨다. 그러면 이혼 소장도 써주고 이혼 절차를 돕겠다고 하셨다. 그렇게 이혼을 잘 해내기 위해 참여한 '가족세우기' 프로그램에서 반전이 시작되었다.

서울대학교 한 강의실에서 열리는 '가족세우기' 워크숍. 친정엄마와 함께였다. 강의실에는 삼십여 명의 사람이 둥글게 둘러앉아 있었다. 나도 그들도 서로 모르는 사이다. 우리 모두는 섹션 참가자(의뢰인)면서, 대역의 역할을 한다. 한 사람이 의뢰인 자리에 앉으면 시작된다. 의뢰인은 한 가지 주제, 해결하고 싶은 문제를 진행자에게 짧게 얘기한다. 진행자는 느낌에 따라 참가자들을 의뢰인 가족의 대역으로 불러낸다. 그 후부터는 각 대역이 느낌에 따라 움직인다. 누구의 대역인지 알려주기도 하지만 대부분은 모르는 상태에서 그저 느낀다. 울고 싶은 마음이 느껴지면 울고, 화가 나면 화내는 것이다. 무의식의 흐름에 따라 자기도 모르게 행동하게 되는 것이다.

내 순서가 되었다. 나의 주제는 '이혼하고 싶어요'였다. 진행자는 나의 대역과 남편 대역을 세운다. 진짜 나는 그들을 지켜본다. 나의 대역이 남편 대역을 계속 밀어낸다. 남편 대역은 밀리지 않으려고 안간힘을 쓴다. 그러다가 나의 대역이 주저앉아 통곡하기 시작한다.

진행자는 남편 대역을 내보내고 친정 부모 대역을 세운다. 나의 원가족이다. 나의 진짜 엄마는 사람들 틈에 앉아서 자신의 대역을 지켜본다. 나의 대역은 통곡을 멈추질 않는다. 그런 나의 대역을 엄마 대역은 그저 같은 자리에 서서 바라보기만 하고 있다. 그러나 나를 바라보는 표정에서 나는 엄마의 마음을 읽어낼 수 있었다. 나를 너무나 사랑하고, 안타까워하는 그 마음이 나에게 전해졌다. 아빠 대역은 나의 대역에게 이리로 오라는 듯 계속 손짓을 한다. 아빠의 애타는 마음과 사랑이 느껴졌다.

진행자는 '나의 대역'과 '나'를 마주 세운다. 나의 대역과 나는 서로의 눈을 보며 하염없이 울기 시작한다. 서로 토닥거려주고, 꼭 안아준다. 차츰 마음이 편안해진다. 또 '엄마 대역'과 '아빠 대역'과 '나'를 세운다. 셋이서 얼싸안는다. 너무나 포근하고 감사한 마음이

숫구쳤다.

진행자는 다시 '남편 대역'을 내 앞에 세웠다. 그 순간, 마치 뒤에서 강한 바람이 불어오는 것처럼 느껴졌고, 나도 모르게 남편 쪽으로 한 발짝 다가섰다. 그런데 마음에서 더 이상의 거리는 부담스럽게 느껴져 바람을 느끼면서도 버티고 섰다. 그런데도 남편 대역의 표정은 한결 편안해졌다.

제삼자가 되어 나를 지켜보며 느낄 수 있었다. 엄마가 날 얼마나 사랑하고 지지하는 존재인지, 아빠가 날 얼마나 사랑하고 이끌어 주는 존재인지. 내 속에 가득 찼던 원망과 슬픔이 사라진 느낌이었다. 그래서인지 남편 대역을 봐도 화가 나지 않았다.

모든 일정이 다 끝나고 소장님과 얘기를 나누었다. 느낀 점을 말씀드렸다. 소장님은 남편도 한 번만 참가시키라고 하셨다. 이혼 얘기는 그런 다음에 하자고. 한결 평안해진 마음으로 엄마와 함께 집에 돌아와 남편에게 찬찬히 이야기를 전해줬다. 다음 주에 남편도 참가하기로 했다. 이제 행복한 이혼을 할 수 있을 것 같았다. 법적인 이혼도, 마음의 이혼도.

---

* **가족세우기** : 내담자가 신체적 표현을 통하여 자신의 가족관계를 공간에 표현하도록 함으로써 치료적 효과를 거두려고 하는 해결 중심적 단기 치료의 하나. 독일의 가족치료사 헬링거(Hellinger)가 시작한 가족 상담의 한 모델로서, 단기 치료 중에서 집단치료 형태로 진행한다. 가족세우기는 트라우마를 가진 가족들이 가족의 문제와 갈등을 해결하는 데 깊은 통찰과 가능성을 제공한다. 〈출처: 네이버 지식백과〉

그대
그리고 나

기세등등했던 남편이 어느새 주춤거리기 시작했다. 남편의 측근 중에 변호사까지 소개하며 지지해주는 이도 있는 반면, 대부분은 이혼을 말리는 상황이었다. 특히 작은아버지는 "넌 이혼하면, 나하고도 끝이야"라며 엄포를 놓으셨다. 아이들도 걱정되고, 당장 거취 문제부터 시작해 여러 가지 현실을 직시하게 되었다. 이혼에 대해 다시 생각해보기 시작했다.

꼭 이혼하고야 말겠다는 나에게는 말이 안 통하니, 교회 사모님께 상의 전화를 드렸다. 사모님은 아무것도 하지 말고 성경을 읽으라고, 그냥 주님께 모든 것을 맡기라고 하셨단다. 그날부터 남편은 매일, 성경을 읽기 시작했다.

'이런 상황에 성경을 읽다니, 완전 돌았군!'

내 앞에서 보란 듯이 성경을 펼쳐놓고 읽고 있는 남편을 경멸

하듯 쳐다봤었다. 그러던 내가 가족세우기 얘기를 꺼낸 것이었다. '행복한 이혼을 하기 위해서'라는 허울 좋은 명분으로 활동지원사와 함께 참가한 가족세우기 워크숍에서 남편도 '아내와의 이혼' 문제를 주제로 했다.

'남편 대역'은 분노로 가득 차 있었다. 하늘을 보고 욕을 하고, 사람들을 보고 욕을 했다.

"왜 그렇게 화가 나십니까?"

진행자가 물었다.

"모르겠어요. 너무 화가 나요."

또 다른 대역을 세웠다.

'아내 대역'이려니 예상했는데, 대역의 움직임을 보며 남편은 단번에 '엄마'를 떠올렸다. 흠칫했다. 그리고 눈물이 흐르기 시작했다. 남편 대역은 계속 화를 내고 있었고 엄마 대역은 다가오지 못하고 멀리 떨어져서 안타까운 표정만 짓고 있었다. 그러다 갑자기 엄마 대역이 자리에 눕는다.

"누구 같아요?"

"엄마요."

"어머니에게 무슨 일이 있었나요?"

"몇 년 전에 수해로 돌아가셨어요."

남편은 그리웠던 엄마 생각에 눈물을 멈출 수가 없었다.

진행자는 '엄마 대역'과 '남편 대역'을 마주 세웠다. 그리고 따라서 말하라고 한다.

"아들아, 사랑한다!"

"엄마, 저도 사랑해요. 이제 제 걱정하지 마세요."

엄마 대역은 뒤로 돌아 자기 자리로 돌아간다. 진행자가 말한다.

"이제 어머니를 마음에서 떠나보내셨습니다."

이제 '아내 대역'을 세운다. 남편 대역은 다시 화를 낸다. 아내 대역은 그런 남편 대역에게 다가오지 못하고 멀리서 바라보고만 있다. 아내 대역은 가슴이 꽉 막혀서 너무 힘이 든다고 한다. 진행자가 둘을 마주 세우고 둘 다 편안해질 때까지 기다렸다. 그렇게 남편의 섹션이 끝났다.

남편은 깨달았다. 그동안 자신이 엄마와 아내를 동일시하고 있었다는 것을. 나에게서 '아내'가 아닌 '엄마'를 찾고 있었음을⋯⋯.

산골에서 농사만 짓는 부모님은 불치병에 걸린 아들을 위해 해줄 수 있는 게 없었다. 그렇게도 원하는 컴퓨터를 사주었으나 아들에게 더 이상 무엇을 해줘야 하는지도 몰랐고 그렇다고 해서 뭐든 해줄 수 있는 돈도 없었다. 점점 진행되는 근육병으로 인해 마음대로 움직일 수 조차 없게 되면서 남편은 스스로 고립되어 갔다.

시골집 바깥에 있는 재래식 화장실. 바닥에서 일어나려고 해도 일어날 수가 없어서 애를 먹은 적이 한두 번이 아니었다. 화장실에서 겨우겨우 기어 나오는 자신의 몸뚱이를 한탄하며, 뒤뚱뒤뚱 불안한 걸음을 걷는 자신을 흉내 내며 조롱하는 이들을 뒤로하며, 그리고 학업을 더 이상 이어갈 수 없는 가난과 장애 때문에 이를 갈았다. 어떻게든 하고 싶으나, 어떻게도 할 수 없는 자신의 처지를 보며 가슴속에 한(恨)이 맺혔다.

처음 근육병 진단을 받을 때 의사는 모계유전일 수 있다고 했다. 엄청난 충격이었다. 그 후로 자신을 이렇게 낳은 엄마를 원망하며 살았다. 엄마는 죄인처럼 사셨다. 곁에서 늘 아들을 수발했지만 진행되는 증상에 어떻게 대처해야 할지 몰라 늘 허둥대셨다. 엄마 때문에 이렇게 된 몸인데 엄마가 제대로 못 돌보다니, 온갖 짜증을 엄마에게 다 부렸다. 늘 엄마를 필요로 하면서도 엄마를 괴롭혔다. 아들의 한(恨)을 엄마는 온몸으로 받아내며 사셨다. 나이를 먹으며 뒤늦게나마 어머니의 사랑을 깨닫기 시작했는데 한순간에 돌아가신 엄마를, 남편은 그때까지 마음에서 떠나보내지 못하고 있었다.

그런 그에게 아내는 엄마의 그림자였다. 처음 좋아하게 된 것부터가 엄마 같은 모습을 발견했기 때문이었다. 자신을 잘 챙겨주는 모습이 친근하고 편안했다. 그러나 결혼해서 살다 보니 점점 엄마 같지가 않다. 엄마는 모든 것을 받아주었는데, 이 여자는 다 받아주지는 않는다.

'그래, 그녀는 엄마가 아니지, 나의 아내지.'

남편은 가족세우기를 통해 그것을 깨달았다고 했다.

나 역시 가족세우기를 통해 과거와 대면했다. 아동복지시설 종사자였던 부모님과 함께 나는 시설 안에서 살았다. 부모 있는 나는 항상 부러움의 대상이었을 것이다. 물론 나도 부모님이 계심에 감사했다. 학교 친구들이 싸 오는 가정집 도시락과, 값비싼 브랜드 옷이 부럽기도 했지만 한 번도 조르지 않았다. 나는 비교적 밝고 긍정적인 아이였으며, 누구와 싸워도 지지 않을 깡다구가 있었다. 그런데도 청소년기를 회색빛으로만 기억하게 되는 건, 사춘기 시절을 지나올 때 넉넉지 않았던 형편, 공부 못하는 열등생이었기 때문이라고만 생각해왔다.

하지만 그때 나는 고작 십 대의 어린 소녀였다. 나를 따돌리며 힘들게 하는 아이들 속에서, 아빠에 대한 불만을 들으라는 듯 내 앞에서 얘기하는 아이들 앞에서 큰소리 한번 내지 못하고 늘 참으며 못 들은 척 그렇게 지내야 했다.

"부모님이 참 좋은 일을 하시는구나!"

어른들에게 듣던 대로 훌륭한 부모님을 가진 내가 감히 힘들다고 말할 수 없었다. 힘들다고 말할 곳도, 힘들지 않냐고 다정하게 물어봐 주는 사람도 없었다. 너무 외로웠지만 나의 부모는 날 저버리지 않았다는 사실 하나만으로도 감사해야 했다. 그런 부모님을 위해 내가 할 수 있는 일은 그저 그대로 사는 것뿐이었다.

부모님은 내 곁에 계시긴 했지만, 한 번도 날 따뜻하게 품어주시지 못했다. 똑같이 혼내고, 똑같이 때리셨다. 어쩔 때는 본보기로 더 호되게 야단치셨다. 그래도 부모님이 날 사랑하신다고 믿었다. 물론 원망스러울 때도 있었지만 그냥 이해하기로 했다. 상처받았던 그 마음을 꽁꽁 묻어둔 채로 성인이 되었고, 점점 작아지는 부모님의 등을 바라보며 어느덧 상처를 잊고 살아왔다.

가족세우기를 하며 나는 무의식적으로 서러웠던 그 시절로 돌아갔다. 아빠·엄마(대역)의 품에 안기는 순간, 오랫동안 내 안에 깊이 묻어두었던 슬픔과 원망, 상처와 불안이 눈 녹듯 사라지는 것을 느꼈다. 그제야 부모님의 사랑을 진정으로 확신하게 된 것 같았다.

남편과의 결혼생활을 하며 나는 왜 힘들었을까. 남편 때문이 아니라 십 대의 나처럼 누구에게도 힘들다고 말하지 못 해서가 아니었을까. 내가 선택한 길이기에, 힘들지 않은 척, 잘 살고 있는 척

하는 거짓된 마음 때문이 아니었을까. 그제야 스스로 꾹꾹 눌러

놓았던 감정의 상자를 열어 하나하나 꺼내어 들고는 바라봐 주고,

들어 주고, 안아주며 '내 안의 나'와 마주하는 시간을 갖게 되었다.

이혼할 수
없는 이유

이혼해야겠다고 가족과 사람들에게 얘기하며, 그 이유를 천 개쯤은 나열할 수 있었다. 7년간의 결혼생활에서 겪은 일들을 하나씩 열거하다 보면 다들 내 편을 들어 주었다.

"그래, 할 만큼 했네. 많이 힘들었겠다."

"네 남편은 너한테 감사하면서 살아야 하는 거 아니야?"

그러면서도 다들 조금 더 생각해보라는 분위기였지만 그땐 내가 듣고 싶은 소리만 들렸다. '이혼'이라는 틀 안에 스스로를 가두고 철저히 고립시키고 있었다.

이혼하기 위해 참가했던 '가족세우기'는 고립되어 있던 내 마음에 조그만 틈을 내주었다. 깨진 달걀처럼 틈 사이로 여러 가지 생각들이 비집고 들어오기 시작했다. 가족세우기를 통해 원가족

관계가 확실히 정립되며 마음이 편해졌다. 나를 자신의 엄마처럼 대해왔다며 미안하다고 하는 남편의 고백을 들으며 안쓰럽다는 생각이 들기 시작했다. 늘 당당하던 그가 저자세로 바뀌는 것을 보며 조금씩 나의 마음이 약해지는 것을 느꼈다.

그런데 그동안 내가 저지른 일들이 자꾸 내 앞을 가로막는 것이다. 여기저기 이혼을 하겠다며 큰소리쳐놓고선 이제 와 이혼하지 않겠다고 한다는 게 부끄럽게만 느껴졌다. 바보 같은 생각으로 스스로와 싸우며 계속해서 시간만 끌고 있었다.

어느 날, 남편이 한 번만 함께 교회에 가서 목사님과 얘기를 나누자고 했다. 난 딱 한 번만이라며 따라나섰다. 주일예배가 끝나고 조용한 오후, 교회에 들어섰다. 오는 내내 괜히 왔다는 후회가 밀려왔지만 되돌아갈 수도 없는 노릇이었다. 목사님은 상담실에서 기다리고 계셨다. 행여 꾸중하실까 싶었는데, 목사님은 잘 왔다고 하시며 그저 성경을 펼치셨다. 성경 몇 곳을 찾아서 조용한 목소리로 읽어주실 뿐이었다. 그런데 목사님이 읽어주시는 말씀 하나하나가 내 귀에 들려오기 시작했다.

회계할 때에 일만 달란트 빚진 자 하나를 데려오매 그 종의
주인이 불쌍히 여겨 놓아 보내며 그 빚을 탕감하여 주었더니 그

종이 나가서 제게 백 데나리온 빚진 동관 하나를 만나 붙들어

목을 잡고 가로되 빚을 갚으라 하매 _마태복음 18:24~28

이 말씀을 듣는데 갑자기 정신이 번쩍 들었다.

'아, 일만 달란트 빚진 자를 불쌍히 여겨 주인이 탕감해주었는데, 그것을 잊고 백 데나리온 빚진 동관에게 빚을 갚으라 하는구나!'

그때 나는 '이혼할 수 없는 이유'를 알게 되었다. 내 지나온 인생이 파노라마처럼 스쳐 갔다. 인생의 순간순간마다 나와 함께 하신 하나님이 떠올랐다. 내가 힘들 때마다, 위기가 있을 때마다 나를 지키신 변치 않은 그 사랑. 생면부지의 남편과 우연히 만나 사랑하게 되고, 생명으로 연결된 아이들을 낳아 함께 키워온 귀한 시간들. 우리가 함께한 수많은 장면이 눈앞에 펼쳐졌다.

은혜 아니면 누릴 수 없는 감사한 삶이었다. 나는 그런 은혜를 누렸으면서, 큰 사랑을 받았으면서, 일만 달란트나 탕감 받으면서도 그것을 잊고 남편이 고마운 줄 모른다고, 겨우 백 데나리온을 갚으라며 남편을 짓밟아 왔음을 깨닫게 되었다. 이혼하기 위해 내가 온갖 악행을 일삼는 동안 남편은 마음을 돌이켜 하나님만 의지하고 있었다. 결국 하나님이 내 마음도 송두리째 무너뜨리고 새로이 돌이키게 하셨다.

내가 힘든 것은 남편 때문이 아니라 '나' 때문이었음을, 남편이 당연히 나에게 감사해야 하고 나를 위해주며 살아야 한다고 여겼다는 것을 알게 되었다. 난 그런 인간이었다. 감사할 줄 모르고 변해 버린 건 바로 나였다. 그러면서 피해자인양 행세를 했던 것이었다. 장애가 있는 사람과 결혼했다는 이유로 주변의 찬사와 격려를 받다 보니 스스로 착각 속에 빠져 정말 착한 여자인 듯, 수행자인 듯 사람들을 속이고 나를 꾸미며 살아온 모습이 떠올랐다. 낯 뜨거웠다.

> 이스라엘아 너를 조성하신 자가 이제 말씀하시느니라 너는 두려워 말라 내가 너를 구속하였고 내가 너를 지명하여 불렀나니 너는 내 것이라 네가 물 가운데로 지날 때에 내가 함께할 것이라 강을 건널 때에 물이 너를 침몰치 못할 것이며 네가 불 가운데로 행할 때에 타지도 아니할 것이요 불꽃이 너를 사르지도 못하리니 내가 너를 보배롭고 존귀하게 여기고 너를 사랑하였은즉 _이사야 43:1~5

어린 시절부터 늘 마음속에 품었던, 내 인생을 이끌어 온 말씀이었다. 하나님은 여전히 "너는 내 것이라" 말씀하셨고, 나를 보배롭고 존귀하게 여기고 사랑하신다고 하셨다. 한동안 잊고 살았던 그 말씀이 생각나며 그 큰 사랑을 다시금 깨달은 그날, 견고했던 내 마음의 성이 부서져 내렸다.

내 마음에 감사와 사랑이 들어오자, 마음 가득 채우고 있던 자존심, 미움, 원망, 오기, 부끄러움이 기를 펴지 못하게 되었다. 사랑은 모든 것을 이긴다. 그날 밤, 남편에게 용서를 빌었다.

단순한 화해가 아니었다. 남편이 내게 너무도 큰 존재라는 것을 깨닫게 되었다. 하루하루 죽고 싶었을 전쟁터 속에서 남편은 견디고 기다렸다. 그런 남편이 대단하고 존경스러웠다. 나를 기다려 준 것이 정말 고마웠다.

남편과 화해의 시간을 가진 후, 부모님께 이혼을 하지 않겠다고 말씀드리니, 눈물을 흘리며 기뻐하셨다. 이혼하기 위해서는 천가지 이유가 필요했지만, 이혼하지 않기로 하니 그 어떤 이유도 필요 없었다.

한(恨)

장애인 당사자의 가장 큰 적은 사회복지 종사자, 그리고 가족 이라고 한다. 장애인의 자기 결정권을 방해하는 가장 가깝고 강력한 존재. 난 둘 다 해당이 된다. 남편의 가족인 나는 남편의 자기 결정권을 늘 침범했다. 남편의 생활방식에 있어서, 활동지원사를 선택할 때, 보조기기를 선택할 때 늘 당당하게도 내 입장을 어필했었다.

장애인복지기관에서 일하며 많은 장애인을 겪으면서 나는 장애에 대해서 잘 안다고 자부했다. 장애 유형에 따라, 나이, 생활환경, 성격, 현재 상태에 따라 어떻게 보조하는 게 좋은지 몸으로 익혔다. 그리고 자원봉사자와 신규 직원에게 장애인식개선교육을 했다. 그러나 그들의 한(恨)에 대해서는 깊이 생각해 본 적이 없었다. 그래서 그들에게 상처를 줬을 테고, 가장 많은 상처를 받은 사람은, 가장 가까이에 있던 내 남편이었다.

한(恨)

박경리

육신의 아픈 기억은 쉽게 지워진다

그러나 마음의 상처는 덧나기 일쑤이다

떠났다가도 돌아와서

깊은 밤 나를 쳐다보곤 한다

나를 쳐다볼 뿐 만 아니라

때론 슬프게 흐느끼고

때론 분노로 떨게 하고

절망을 안겨주기도 한다

육신의 아픔은 감각이지만

마음의 상처는

삶의 본질과 닿아있기 때문일까

그것을 한이라 하는가

단체여행으로 떠난 통영에서 운명의 시를 만났다. 박경리 작가
의 〈한〉. 통영시 장애인복지관 현관에 시가 걸려 있었다. 남편이 늘
말하던 그 '한'이다. 남편은 나에게 죽을 때까지 자신의 '한'을 모를
것이라 했었다. 그는 시 앞에서 한참 동안 떠나지 못하고 있었다.

나도 옆에서 함께 읽다가 우리는 마주 보았다. 한 구절 한 구절이 내 가슴을 찔렀다.

고백하건대, 남편과 살아오면서 종종 이런 생각이 들 때가 있었다. 피곤함에 지쳐 아이 기저귀를 갈아줄 때면, '남편이 나 대신 기저귀를 갈아주면 좋겠다'라고. 장거리 운전에 졸음이 올 때면, '남편이 나 대신 운전해주면 좋겠다'라고. 작은 키로 낑낑대며 형광등을 갈 때면, '남편이 해줬으면 좋겠다'라고. 신체 건강한 누군가의 남편이 부러울 때가 있었다.

남편과 이혼하지 않기로 한 후, 어느 날인가 팔짱을 끼고 우리 옆을 지나가는 부부를 보았다. 갑자기 '아, 남편이 걸을 수 있다면 얼마나 좋을까'라는 생각이 들었다. 그전까지 부러워했던 그런 바람이 아니라 '남편도 얼마나 걷고 싶을까'였다. 남편도 나와 나란히 팔짱을 끼고 걷고 싶을 것이다. 남편도 전동 휠체어 조이스틱이 아닌 운전대를 잡고 싶을 것이다. 남편도 아이들과 맘껏 뛰어 놀고 싶을 것이다. 불편한 몸 안에 갇힌 남편의 설움과 아픔이 느껴지자, 눈물이 핑 돌았다.

나는 죽기 전에라도 남편의 한(恨)을 알 수 있을까. 장애뿐 아니라 그 누군가의 한(恨)을 진심으로 알 수 있을까.

PART 4

그때도

알았더라면

맏며느리의
며느라期(기)

사춘기, 갱년기처럼 며느리가 되면 겪게 되는 '며느라기'라
는 시기가 있대. 시댁 식구한테 예쁨 받고 싶고 칭찬받고 싶은
그런 시기. 보통 1, 2년이면 끝나는데 사람에 따라 10년 넘게
걸리기도, 안 끝나기도 한다더라고. _웹툰 〈며느라기〉 중에서

남편은 장남이다. 고로 난 맏며느리다. 그런데 시부모님은 결혼
전에 돌아가시고 안 계신다. 그런 나에게도 '며느라기'가 있었다.
우리가 부부의 연을 맺도록 생각을 바꿔주시고 결혼식까지의 모
든 과정을 부모의 마음으로 이끌어 주신 작은부모님이 나에게는
시부모님이시다. 작은부모님은 집안의 제사를 다 가져와 지내는
분들이다. 결혼하고 2년간은 매월 있는 제사로 매월 인제에 갔었
다. 직장 핑계로 일찍 가지는 못했고, 도착하면 이미 작은어머니가

모든 준비를 마친 후였다. 난 차리고 치우기만 하면 되었다. 그래도 1년에 두 번, 명절만큼은 일찍 가서 음식 준비를 도왔다. 갈 때마다 나는 예쁨 받고 싶고 칭찬 받고 싶은 마음에, 작은어머니를 졸졸 따라다니며 이것저것 배우면서 그렇게 '며느라기' 시절을 보냈다.

'며느라기'가 끝나갈 즈음이란 걸 아셨던 것일까? 아이를 낳은 후 첫 설날, 작은아버지께서 올해부터는 제사를 1년에 한 번만 드리자고 하셨다. 그 해부터 매년 10월 마지막 주 토요일에 시제(춘하추동의 길일이나 절일에 받드는 제사)를 지내게 되었다. 명절 차례는 우리끼리 지내라고 하시며 제사음식도 사다가 편하게 준비하라고 하셨다. 그래서 도련님만 우리 집에 와서 간소하게 차례를 지냈다. 난 진짜로 다 사서 했다. 마트에서 파는, 나보다 더 좋은 솜씨로 만들어 놓은 전에 나물무침까지 사 와서 내 손으로는 과일과 탕국만 준비하여 상을 차렸다. 명절 전날 장을 보고, 당일 새벽에 일어나서 상을 차리고, 몇 분 안 걸리는 차례를 지내고, 아침을 먹고 설거지만 하면 되는, 가벼운 일이었다. 그런데도 명절증후군에 고통 받는 맏며느리 마냥, 명절 전날이면 원인 모를 편두통이 시작되어, 온갖 인상을 다 쓰면서 차례상 준비를 하고, 다 치운 후 도련님이 돌아가고 나면 신기하게도 갑자기 두통이 자연치유 되는 현상을 반복 체험했다.

이제는 그 간단한 명절 차례조차도 지내지 않는다. 결혼한 지 7년 만에 이혼 얘기가 나왔을 때, 작은부모님은 그것조차도 하지 말라 하셨다. 남편에게는 "너 이혼하면 인연 끊는다"라고 엄포를 놓으시며, 이후로 나에게 어떠한 부담도 주지 말라 하셨다. 제사 지내는 것 때문에 이혼하려던 것도 아니었고, 다행히 결국 이혼에 실패(?)했지만, 그때부터 난 1년에 한 번 시제 때만 제사에 참석하고 있다. 몇 년간 코로나 때문에 명절과 시제 때도 절대로 오지 못하게 하셔서 마음이 불편한 시간을 보냈다.

이혼하지 않기로 한 후 처음으로 무거운 마음을 갖고 시댁을 찾은 날. 무릎 꿇고 죄송하다고 말씀드리는 나에게 작은어머니는 울먹거리시며 말씀하셨다. 아픈 남편 건사하느라 많이 힘들었을 텐데 그동안 힘이 되어주지 못해서 미안하고, 처음 인사드리던 날에 결혼 얘기를 꺼내 발목을 잡은 것 같아 미안하다고 하셨다. 그러나 작은부모님은 내게 미안할 게 없는 분들이다. 늘 우리의 부족함을 먼저 알고 챙기셨다. 사시사철 음식을 택배로 보내주시고, 갈 때마다 생활비도 챙겨주셨다. 아이들 백일상, 돌상도 정성껏 차려주셨고, 늘 우리의 안위를 걱정해주셨다. 그런데도 미안하다고 말씀하시는 것이다.

그때 난 비로소 뉘우쳤다. 이제 '잘하는 척' 하던 마음을 버리기로 했다. 그분들의 넓은 마음 앞에 어쭙잖은 효부 코스프레는 해서는 안 되는 것이었다. 그동안 우리에게 "니들만 잘 살면 돼"라고 하신 말씀처럼, 남편과 아이들에게 잘하고 우리 가족을 잘 지켜내는 것이 결국 내가 할 수 있는 효도의 전부인 것이다.

몇 년 전, 작은부모님은 옛집을 허물고 새집을 지으셨다. 완공이 끝난 후 새집 마당에 들어선 우리 눈앞에 깜짝 놀랄 광경이 펼쳐졌다. 현관문 앞에서 마당 가운데까지 기나긴 경사로가 놓여 있었다. 그 위에 비를 가려줄 캐노피까지 설치되어 있었다. 매번 작은집에 들어갈 때마다 동생 등에 업혀야 했던 장조카를 위해 만들어 놓으신 것이었다. 그제야 늘 무뚝뚝하신 작은아버지의 속마음을 알 수 있었다.

결혼 후 한 번도 내 손으로 김치를 담가본 적이 없다. 늘 시댁 김치를 넙죽넙죽 잘도 받아먹는다. 김치가 떨어질 때쯤이면, 어떻게 아시고는 김치를 보내주신다. 손수 지으신 농작물과 곱게 말린 고사리, 시래기, 약초, 고춧가루도 함께였다. 시댁에 갈 때마다 보잘것없는 작은 선물과 맞바꾼 보따리들을 한 차 가득 싣고 돌아온다. 여러 의미로 부자가 된다.

돌아보니 작은부모님은 시부모 '역할'은 자처하면서도, 시부모 '대접'은 사양하시는 그런 분들이시다. 늘 태산같이 버티고 계시는 두 분께 늘 감사한 마음이다.

나에겐 시누이가 두 분 있다. 상견례 때 휴가를 내고 서울까지 따라와서 식사 자리 내내 한마디도 못 하고 연신 눈물만 훔치던 큰형님. 일하는 언니의 아이들까지 여섯 명의 아이를 키워내면서도 늘 친정을 세심히 챙기는 작은형님. 두 분 다 나에게 시누이 노릇을 안 하신다. 지금까지 한 번도 나에게 싫은 소리를 한 적이 없다. 그 무섭다는 시댁의 단체 채팅방에도 나는 없다. 까탈스러운 남동생 데리고 사느라, 애 둘 키우느라, 먼 길 운전해서 내려오느라 고생한다며 항상 미안해하고 고맙다는 얘기만 하신다.

우리의 이혼 소식에도 형님들은 내게 전화 한 통 하지 못하셨다. 이혼하지 않기로 하고 다시 만났을 때 그저 고맙다며 어깨를 토닥여주셨다. 긴말하지 않아도 그녀들의 마음을 느낄 수 있었다. 여전히 철딱서니 없고 느릿느릿 곰손이여도, 아이들 키우는 게 답답해 보여도, 애교도 없고 깍듯하지 않아도, 상관없다.

결혼기념일이자 내 생일, 아이들 생일, 어린이날이면 메신저를 통해 형님들의 선물이 날아온다. 우리가 갈 때마다 살뜰히 챙겨놓은 음식과 선물을 슬쩍 차에 실어 주신다.

고부간의 갈등, 말리는 시누이, 명절 직후 이혼율 증가···. 아직도 존재하는 '남의 일'을 맞닥뜨릴 때마다 늘 시댁에서 받기만 하는 나는 그저 할 말을 잃는다.

로또 같은
친정엄마

엄마와 나의 관계는 로또 같다. 정말 안 맞는다. 엄마는 새벽형 인간, 나는 올빼미형 인간이다. 제발 일찍 자고 일찍 일어나라고 40년째 엄마의 잔소리를 듣고 있다. 최근 나도 새벽형 인간이 되어 가는 중이지만, 엄마와는 다르다. 엄마는 자동이고 난 수동이다. 알람이 울리지 않으면 못 일어난다. 밥을 먹고 나면, 나는 일단 커피를 마시고 쉰다. 밥 먹느라 수고했으니 쉬어야겠는데 엄마는 그 새를 못 참고 설거지를 시작하신다.

"그냥 둬, 내가 이따가 할게요."

"너 기다리다 속이 터진다, 그냥 내가 하고 말지!"

세탁기에서 탈수까지 마쳤다는 멜로디가 들린다. 바로 앞에 있는 나도 못 들은 소리를 방 안에 있던 엄마는 듣고 냉큼 나오신다.

"내가 이따가 빨래 널게요."

"너 하던 일이나 해라, 내가 더 빠르지."

엄마는 현미밥, 나물, 채소를 즐겨 드신다. 나는 흰쌀밥, 고기, 냉동식품을 즐긴다. 엄마는 외식을 싫어하신다. 돈 아깝고, 믿을 수 없다고 하신다. 나는 외식을 좋아한다. 돈 안 아깝고, 내가 한 것보다 백 배는 맛나다. 엄마는 체중, 허리둘레에 민감하다. 조금만 살쪄도 힘들다며 운동하신다. 나는 항상, 다이어트는 내일부터!

"발바닥에 뭐 안 거슬려?"

청소 좀 해야 하지 않겠냐는 뜻이다. 내 발엔 아무것도 느껴지지 않는다. 청소기로 밀고, 스팀 물걸레 청소까지 마쳐야 엄마의 마음이 편해진다. 싱크대 위, 식탁 위, 책상 위, 소파 위에 뭐라도 놓여 있으면 정신이 하나도 없다고 하시며 바로바로 치우신다. 다 마른 빨래가 그대로 널어져 있는 꼴을 못 본다. 빨래는 또 정확히 칼각으로 접으셔야 한다.

엄마가 하루라도 안 계시면, 집구석은 난리가 난다. 난 엄마의 귀가 시간을 체크한다. 엄마가 도착하실 때 맞춰서 겨우 밀린 설거지와 청소를 끝낸다. 이렇게 다른 엄마와 나. 과연 로또 같다.

외할머니는 인사를 드리러 온 깡마르고 볼품없는 청년이 맘에 들지 않았다. 큰아들이 막냇사위로 어떠시냐고 물었지만 영 미덥지가 않았다. 순한 막내딸 데려다 고생만 시킬 것 같았다. 엄마도 같은 생각이었다. 그렇지만 너무나 강렬한 눈빛으로 청혼하는 이 남자를 거부할 강단이 없어 고민 중이었다. 당시에는 함석헌 선생님이 제자들과 함께 일구던 천안 씨알농장에 가족들도 합류해 공동체 생활을 하고 있었다.

어느 날, 그 맘에 안 드는 청년이 지독한 몸살로 며칠 거동을 못 하고 앓고 있자, 외할머니는 측은한 마음에 토끼고기를 고아 슬쩍 전달하셨다.

"죄송합니다. 저 혼자만 이 귀한 것을 먹을 수가 없습니다. 다들 힘들게 일하고 있는데 어떻게 저만 먹겠습니까."

외할머니는 그때 마음을 정하셨다.

'내 딸 몸고생은 시켜도 마음고생은 안 시킬 놈이구나.'

얼마 후, 함석헌 선생님의 주례로 두 분은 부부가 되셨다.

엄마는 모태신앙이었다. 유년 시절 우리 집에는 늘 복음성가가 울려 퍼졌고, 엄마는 작은 상을 펼쳐놓고 늘 성경을 읽고 계셨다. 강릉에서 닭 도매업을 하시던 아빠가 연쇄적인 부도를 맞아 교도소에 들어가셨다. 처음 겪어보는 큰일 앞에 엄마는 해답을 찾지 못하고 있었다. 아빠가 엄마에게 채권자들을 찾아다니며 사정하고 탄원서를 받아보라고 부탁했지만, 도저히 용기가 나질 않았다. 매일같이 전화하고 집에 찾아와 돈 갚으라며 독촉하는 채권자들을 찾아갈 자신이 없었다. 그저 기도만 할 뿐이었고, 성경을 읽을 뿐이었다.

그날도 두려운 마음으로 아침부터 성경을 펼쳤는데 이 말씀이 눈에 들어왔다.

> 일어나라 빛을 발하라 열방의 재물이 네게로 옴이라 그 작은 자가 천을 이루겠고 그 약한 자가 강국을 이룰 것이라 때가 되면 나 여호와가 속히 이루리라 _이사야 60장

엄마는 믿기지 않았다. '열방의 재물이 온다고? 속히 이루신다고?' 말도 안 되는 것 같았다. 그런데 바로 그날부터 채권자들이 탄원서를 들고 찾아왔고, 빚을 탕감해주겠다고 했다. 감사하게도 열심히 살다가 닥친 일인데, 젊은 사람 인생이 아깝다며 용서하겠다고 했다. 그 당시 돈으로 일 억 가까이 되는 큰돈을 탕감 받았고 그분들의 탄원서로 아빠는 곧 출소하게 되었다. 정말 꿈같은 일이었다.

엄마는 그때부터 더욱 신앙의 힘으로 사셨다. 늘 하나님께 기도했고, 기도 제목을 우리에게 나누시며 희망을 심어주셨다. 엄마

의 꿈은 자식들이 어려운 이들을 보살피는 삶을 사는 것이었다. 중3 때 공부에 흥미가 없다며 일찍이 돈이나 벌겠다는 내게 어떻게든 인문계 고등학교에 진학해서 대학에 가야 한다고 설득하셨고, 사회복지사나 선교사가 되어 남을 돕는 삶을 살라고 하셨다. 엄마의 기도는 그대로 이루어져 현실이 되었다. 부모님뿐 아니라 나와 오빠들도, 며느리와 사위까지도 모두 사회복지사이니 말이다.

호떡집 아줌마에서 아동복지시설 보육사로 10년, 어린이집 원장으로 4년 일하시던 엄마는 정년퇴직하자마자 지체 없이 소록도로 떠나셨다. 오래된 꿈이셨기에 말리지 못하고 보내드린 후 아빠와 나는 외롭고 궁색한 생활을 했었다. 엄마는 기숙사 생활을 하며 중증 병동에서 자원봉사자로 6개월을 지내셨다. 아빠랑 같이 엄마 찾아 떠난 소록도에서 만난 엄마는 그때까지 봐온 중 가장 빛나는 얼굴이었다. 아직도 어디선가 봉사활동을 하고 싶어 하시지만 나이가 지긋하신 분을 받아주는 곳은 없다는 게 현실이다.

돌아오라는 아빠의 간절한 성화에 못 이겨 소록도에서 강제 소환된 후 가정폭력상담소장을 지내신 엄마는 지금까지도 누군가와의 상담을 일상적으로 하신다. 매일 아침, 대구에 사시는 외숙모와 통화를 하신다. 매일 통화를 하는데도 무슨 사연이 그리 많으신지, 엄마의 엄마에게 시집살이 당했던 서러운 이야기, 자식들 이야기, 신앙 이야기, 정치 이야기. 두 분의 대화는 끝이 없다. 저녁마다 지인들로부터 전화가 오기도 한다. 엄마는 상대방이 전화를 끊을 때까지는 먼저 끊자고 말씀하시지 못한다. 가족들 밥상을 차려놓으시곤 정작 당신은 전화 통화 때문에 식사 시간을 놓칠 때가 많다. 심지어 지하철이나 버스에서도 옆에 앉은 사람 얘기를 내릴 때까지 다 들어 주신다. 정말이지 상담에 진심이시다.

그런 분이 첫 외손주의 출생으로 우리 집 식모살이를 시작하셨다. 유일한 노후 계획이 손주들 안 봐주는 것이라고 장담했던 엄마는 내 결혼을 허락하면서부터 그것마저 포기하셨다. 두 아이를 천 기저귀 빨아가며 키우셨고 매일 같이 아이들과 산책하고 책을 읽어주셨다. 나는 아이들에게 모유만 제공했고, 육아와 교육에 진심인 건 아이들의 할머니였다. 엄마가 안 계셨으면 난 도저히 아이 둘을 못 키웠을 것이다.

밥숟갈도 제대로 못 들던 청년이 마음에 걸려 끝내 결혼을 반대하지 못했던 엄마는, 첫아이를 낳은 후부터 지금까지 우리와 함께하고 계신다. 우리 교회 목사님은 "이삭이 모친 상사 후에 리브가로 인해 위로받았다"라고 말씀하시며 나를 리브가로 임명하셨는데, 남편에게 리브가는 내가 아니고 우리 엄마였다. 남편은 좋은 아내가 아니라 좋은 장모를 얻은 덕에 오늘날까지 무사한 것이 분명하다.

어쩌면 엄마는 딸보다도 사위를 더 사랑하시는 것 같을 때가 있다. 면역력에 좋다는 야채수프(민간요법)를 10년째 쉬지 않고 만들어 먹이시고, 사위 몸에 좋다는 게 있으면 돈을 아끼지 않으신다. 우리가 싸울 때면 사위 말이 백 번 옳다며 무조건 사위 편을 드시고, 엄마와 내가 싸울 때면 남편은 무조건 엄마 편이다. 얄밉도록 둘은 참 잘 맞는다. 이혼하겠다고 난리를 쳤을 때도 엄마는 사위 때문에 가슴앓이를 하셨다.

'末 말 順 순'

엄마가 그리도 싫어했던 끝순이라는 이름. 외할아버지는 돌아가시기 전에, "사람이 끝이 좋아야 좋은기다, 넌 이름처럼 끝이 좋을 기다"라고 하셨다는데, 엄마는 끝이 좋은 인생을 살고 계신 걸까?

올해 팔순이 되신 엄마는, 참으로 건강하시다. 나는 체력의 한계에 부딪혀 몸살을 앓을 때도 많고, 고질병인 침샘염 때문에 아무것도 못 하고 누워만 있을 때가 많은데 엄마는 항상 꼿꼿하게 버티며 나를 대신해 주신다. 아파서 누워계신 걸 보기 힘들다. 어디서부터 나오는 힘일까, 늘 신기하다. 이쯤 되면, 엄마는 정말 로또 같다. 앞서 이야기한 것과 다른 의미, 우리 인생 최고의 행운이자 선물인 로또.

아빠의 유언

아빠는 항상 남의 편을 들어 주셨다. 어린 시절에는 잘하든 못하든 항상 내 편을 들어 주셨지만, 시설에서 살면서부터 내 편보다는 아이들 편을 들어 주셨다. 부모님이 시설을 운영하시는 동기들은 졸업과 동시에 그곳에 취업하거나, 시설장이 되었지만 나는 아빠 찬스를 쓸 수 없었다. 직장은 스스로 알아보라고 하셨다. 대전에 있는 여러 곳에 이력서를 내보다가 멀고도 낯선 서산에서 첫 직장생활을 시작했다. 1년 후, 대전의 복지관으로 이직한 것도 교회 담임목사님이 추천해 주신 덕이었다.

고아원 총무 10년, 복지관장 12년, 늦깎이 사회복지사로 다양한 도전을 하며 많은 어려움을 겪으면서도 사람들과 합력해 나가는 과정을 통해 앞선 사회복지 모델을 제시하곤 하셨다. 난 아빠의 그러한 성장을 곁에서 지켜볼 수 있었다. 묵묵히 걸어가시는 그 길은 나에게 길잡이가 되었다. 불의를 보면 참지 못하시던 아빠는 참 겁이 없으셨다. 뒷골목 청소년들, 건달들 앞에서도 항상 호통을 치셨다. 아빠의 당당한 모습은 나에게도 많은 영향을 주었다. 남의 편 같던 아빠는 세월이 지나면서 점차 온전한 내 편에 서주시며 내 인생의 응원단장이 되어주셨다.

사회복지사로 일하게 되면서 만난 사람들의 이야기, 나의 아이디어로 만들어진 프로그램 자랑, 복지관 아이들을 인솔해서 떠난 여행길에서 아이들이 변화한 이야기, 장애인복지 기관에서 일하면서 겪은 수많은 이야기를 나누면 아빠는 항상 재밌게 들어 주시고, 조언도 해주셨다. 내 인생 최고의 멘토였다.

아빠까지 합류해 완전체가 되어 한 지붕 아래 모여 살게 된 것은, 둘째가 생겨 엄마의 서울살이가 무기한 연장된 때였다. 이미 아빠는 내가 첫아이를 낳은 해에 복지관장직을 사임하시고 길을 떠나셨다. '늙은 전사의 한반도 순례'라는 손글씨를 가방에 달고, 제주에서 시작해, 전라도, 경상도, 강원도, 경기도 파주까지. 그렇게 배도 타고, 기차도 타고, 차를 얻어타기도 하면서 전국을 원 없이 돌아다니셨다. 소식을 들은 지인들이 재워주고 먹여줄 뿐만 아니라, 교통비까지 주머니에 쑤셔 넣어주시는 통에, 아빠는 한동안 돈 걱정 없는 백수로 사셨다.

우연한 기회에 내 자식 철들게 고생 좀 시켜달라는 부모들의 부탁으로 서른다섯 명의 청소년이 모집되어 자원봉사 교사 두 명과 함께 인도 여행을 다녀오셨고, 그 후로도 스무 번이나 더 여행 학교라는 이름으로 청소년들을 인솔하셨다. 그때 연결된 해외 봉사단체의 국내 대표를 맡으시고, 문경시에 있는 해당 단체의 대안 학교를 인수하면서 교장 선생님까지 지내셨다.

전국 순례 중 제주에서 강정마을의 사정을 듣게 된 아빠는 생명평화결사라는 시민단체에 100일 순례를 제안하셨다. 회원들 외에도 많은 이들이 참여해서 제주에서 출발해 전국을 순례하며 강정마을의 현실을 알렸다. 강정마을에서 활동한 첫 번째 외지인으로, 기금을 모아 평화센터를 만들어 많은 사람이 동참할 수 있는 길을 여셨다.

바쁜 와중에도 집에만 오시면 사위를 앉혀놓고 수다 삼매경에 빠지셨다. 수백 번 반복해서 컴퓨터와 스마트폰 다루는 법을 알려주면서도 한 번도 싫은 내색 없는 사위에게 탄복한 아빠는 마음의 문을 활짝 여셨다. 둘은 만나면 밤새는 줄도 모른 채 많은 이야기를 나누었다. 서로의 이야기를 재미있게 들어 주고, 서로의 허세에 맞장구도 쳐주며, 아주 돈독한 사이가 되었다. 딸을 빼앗긴 사위에게, 당신의 마음마저 빼앗기셨다.

　아빠는 늘 건강하셨다. 아프신 것을 본 기억이 거의 없다. 쉰 중반 무렵, 당뇨로 인해 눈이 잘 안 보이실 때가 있었다. 그때 단식을 비롯하여 여러 자연치유 요법으로 어느 날 갑자기 시력을 회복하셨다. 일흔 되시던 해에는 담낭염 수술을 받으셨는데 이제 쓸개 빠진 놈이 되었다며 농담을 하셨다. 그 후로도 평생을 즐기시던 바다 수영을 여전히 즐기시고, 맨발로 걷기를 좋아하시고, 손주들 앞에서 물구나무서기 자랑도 하시던 아빠. 전국을 누비고, 세계여행을 다니시던 아빠는, 자식 눈에는 당연하게도 건강해 보였다.
　아빠가 어느 날부터인가 혀 밑이 아프다고 하셨다. 동네 의원에서 당장 큰 병원에 가보시라고 해서 검사를 받으신 결과, 설암이었다. 병원에서는 당장 혀를 절반 정도 절단해야 한다고 했지만, 아빠는 수술하느라 병원 생활하는 것도, 항암치료로 괴로운 시간을 보내는 것도 싫다고 하셨다. 엄마와 나도 말리지 않았다. 좋은 것 드시고, 운동도 하시고, 원하는 곳 자유롭게 다니시다 보면 그까짓 설암쯤이야 이번에도 거뜬히 이겨내실 줄로 믿었다.

　내 결혼을 유일하게 찬성하셨던 외삼촌과 아빠가 처음 만나신 건 아빠 나이 열여덟 살 때였다. 그날부터 평생을 스승처럼, 아버지처럼 외삼촌을 따르셨다. 아빠의 정신적 지주셨던 외삼촌은 아흔 살에 돌아가셨다. 이제 기력이 다한 것을 스스로 느끼시고 곡기를 끊고 누워만 지내시다 조용히 소천하셨다. 기력 없는 가운데서도 입으로는 "감사합니다, 감사합니다"라고 말씀하셨다. 아빠는 늘 그런 외삼촌의 여한이 없는 삶을 부러워하셨다. 질병이나 사고로 눕게 되면 절대 연명치료 하지 말아 달라고 당부하셨다.

운명이 가까운 옛 친구를 찾아간 친구의 첫마디, "야! 죽는 맛이 어떠니? 껄껄."

숨을 헐떡이는 친구 왈, "처음이라 잘 모르겠어!"

이런 농담을 손글씨로 쓰시고, 사진으로 찍어 여기저기 단체 채팅방에 올리실 만큼, 그해 11월 말 암 진단을 받으신 후 한동안 아빠는 정말 멀쩡하셨다. 광화문 촛불집회도 참석하시고, 우리와 강원도 여행도 다녀오셨다. 엄마 몰래 집 근처 식당에서 조미료 가득한 찌개를 사드시다 걸리기도 했고, 마당에 있는 나무의 가지치기도 하시고, 텃밭도 일구시며 잘 지내셨다. 아무 일 없는 듯했는데 어느 날, 외벽에 생긴 거미줄을 치운다고 사다리를 대고 올라가셨다가 사다리와 함께 넘어지셨다. 당장 응급실에 가시자고 했지만 괜찮다고 냉찜질만 하셨다. 다음날 결국 x-ray 촬영 결과 왼쪽 팔목이 부러져서 깁스하셨다. 그때부터 급격히 안 좋아지셨다. 한

손이 자유롭지 못하니 행동반경이 좁아졌고, 혀와 목이 아파서 삼키는 게 힘들어져 잘 못 드셨고, 말수도 현저히 줄어들었다. 병원에 가봤지만, 너무 늦었다며 이제는 진통제만 놔드릴 수 있다고 했다. 아빠도 병원에 잠시라도 있는 걸 극도로 싫어하셔서 진통제만 맞으셨다. 외삼촌처럼 마지막을 준비하겠다고 하셨다. 난 그런 아빠에게 화를 냈다. 아빠 목숨이 아빠 거냐고. 약한 소리 하지 마시라고, 반드시 나으실 거라고. 그리고 하나님께 간절히 기도했다.

4월에 들어서 아빠는 극심한 고통으로 여러 번 졸도하셨다. 특히 화장실에서 여러 번 몸에 마비가 왔다. 힘든 몸으로 부축을 받아 화장실을 오가면서도 휴대용 소변기는 싫다고 하셨다. 변기에 앉으면 갑자기 마비가 오고 눈이 돌아갔다. 뺨을 때리고 몸을 주무르면 다시 정신이 돌아왔다. 그러면서도 끝까지 화장실에 가서야 용변을 보셨다.

엄마는 아빠에게 그간 못 해줬던 거 다 해줄 수 있다며 인생에서 가장 행복한 때라고 하셨다. 먹여주고 씻겨주고 마사지해주고 안아주고 하면서 두 분은 다시 신혼부부가 되신 것 같았다. 방에는 늘 잔잔한 찬송가가 흐르고 있었다. 가래와 침 냄새가 나지 않도록 엄마는 더욱 청소와 빨래에 열심이셨다.

엄마와 교대로 밤을 지새우던 어느 밤, 아빠는 잘 알아듣지도 못할 기운 없는 목소리로 내게 말씀하셨다.

"지명아, 아빠가 한 달 정도 잘 걷지도 못하고 불편하게 지내 보니, 우리 정서방이 얼마나 대단한지 알겠더라. 고작 한 달인데도 마음이 자꾸만 무너지고 정말 힘들구나. 정서방은 수십 년을 이렇게 살았는데도 어쩜 저리 당당할 수 있을까, 대단하다는 생각이 든다. 앞으로 절대 이혼 생각하지 말고, 평생 감사하면서 살아라."

아빠의 유언이었다. 난 힘들게 자꾸 얘기하시려는 아빠에게 알아들었다고, 나도 안다고, 아빠 힘든데 그만 얘기하시라고 하며 말렸다.

아빠는 5월의 햇살 가득한 날 정오에, 엄마 품에 안겨 소천하셨다. 난 아빠의 임종을 지켜보며 마지막까지도 하나님께 부르짖었다. 장례 이후, 모든 절차를 다 마치고 집으로 돌아왔다. 아빠가 누워계시던 침대, 이불, 옷, 칫솔. 모든 게 그대로인데, 아빠만 없었다. 남은 가족들의 할 일은 그때부터 시작되었다. 장례식에 와주신 분들, 조의금을 보내주신 분들에게 전화를 드리고, 감사 메시지를 보냈다. 아빠의 유품을 정리하고, 주민센터에 가서 사망신고를 했다. 아빠는 이제 법적으로도 세상에 없는 존재가 되셨다. 허망했다.

몸은 일상으로 복귀했지만, 내 정신은 제자리를 찾지 못했다. 회사에서도 많은 배려를 했고, 부모님을 먼저 보내 그 마음을 잘 아는 남편도 세심하게 챙겨주었다. 과연 남은 자의 애도 기간에 적절한 기간이란 게 있는 걸까. 좀처럼 덤덤해지지 않았다. 툭하면 눈물이 나고, 멍하게 있는 시간이 길어졌다. 3개월이 지나고, 6개월이 지났지만, 나는 여전히 슬프고 화가 났다. 더 이상 아픔으로 고통 받지 않게 아빠를 데려가 주셨음에 감사하다가도, 반대로 도대체 왜 데려가신 거냐고 하나님을 원망했다. 하루에도 수십 번 감정이 뒤바뀌었다. 더 이상 직장생활을 계속할 수가 없었다. 아빠와 함께 살던 그 집, 직장, 교회에서 멀리 떠나고 싶은 마음뿐이었다.

그해 12월, 엄마와 남편에게 서울을 떠나자고 얘기했다. 그리고 아빠를 모신, 오빠들이 사는 세종시에 집을 알아보았다. 한 달 만에 집을 알아보고, 계약하고, 이사 준비를 마쳤다. 남편의 상황은 전혀 배려하지 않았다. 떠나지 않으면 미칠 것 같았다. 당장 떠나야 내가 살 수 있을 것 같았다. 그렇게 주위의 만류를 뿌리치고 서울을 떠났다.

남의 편
아니고 내 편

전동 휠체어를 탄 남편을 처음 만났을 때, 난 그의 당당함에 반했다. 장애를 극복하고 훌륭한 삶을 살 사람이라고 믿었고, 그의 인생에 나를 보태고 싶었다. 그의 인생에 나를 보태주려고 결혼했는데 오히려 남편이 내 인생에 보탬이 되고 있다. 남의 편인 것 같다가도, 필요한 순간에 오직 내 편이 되어준다.

갑자기 세종으로 이사를 하자는 내게 남편은 잘 생각해보고 결정하자고 얘기했지만 난 생각할 여유가 없었다. 결국 그런 나를 어쩌지 못하고 온 가족이 함께 이사했다. 오빠들이 몇 년 전부터 대전에서 세종으로 생활을 옮긴 터라, 아빠를 세종에 모셨다. 큰오빠네는 조치원에, 작은오빠네는 신도심에 살고 있었고 아빠를 모신 은하수공원은 딱 중간지점에 있었다. 큰오빠네와 가까운 집을 얻었다. 그때부터 나는 안식년이 시작되었고, 아직 회장 임기가 1년 남아있던 남편에겐 고난의 행군이 시작되었다.

단체 회장이어서 출퇴근이 자유로웠지만, 3년 연임하게 되면서 직원들과 함께 협회를 키우는 데 집중했던 시기였기에 남편은 서울로 매일 출퇴근을 했다. 매일 아침, 휠체어로 조치원역으로 가서 무궁화호를 탄다. 영등포역에 도착해 또다시 휠체어로 여의도에 있는 사무실까지 출근한다. 다시 같은 길을 달려 집에 온다. 그렇게 하루 네 시간씩. 지금 생각해보니, 나라면 도저히 그렇게 못 했을 것 같다. 그땐 그게 고마운 줄도 몰랐다.

나는 백수 겸 전업주부로 지냈다. 초등학교에 입학한 딸 등굣길도 함께해 주고, 아이들과 함께 많은 시간을 보냈다. 가족들을 위해 요리해 주는 것에도 재미를 붙였다. 대전에도 자주 오가며 친구와 언니들에게 위로받았다. 오빠네 가족들과 가까이 지내다 보니 아이들은 외사촌끼리 더욱 친밀해졌고 일상에 잘 적응하고 있었다. 조금씩 정신이 들면서 이제 뭔가 해야겠다는 생각이 들었다. 세종에 정착하기 위해 직장을 알아보기 시작했다. 그러나 사십 대 중반의 경력 많은 사회복지사가 이력서를 넣을 곳이 많지는 않았다.

그러다 지역 아카데미에 등록해서 온라인 마케팅을 배우며 휠체어 여행을 주제로 블로그를 시작했다. 인스타그램과 유튜브도 함께 시작하며 여행 정보를 얻기 위해 많은 곳을 다녔다. 대형 1종 면허를 취득하고, 버스 운전 자격증도 땄다. 미치지 않으려고 서울을 떠났던 그해, 난 많은 것을 배우며 성장했다.

1년간 세종에서 친정 식구들과 함께 보낸 시간. 아빠를 잃었던 상실감도 많이 회복되었고, 나를 다시 찾는 소중한 기회가 되었다. 남편은 협회장 임기 만료를 앞두고 있었다. 때마침 공공기관 채용 공고를 접하고 응시해 합격했고, 나도 원하던 일을 시작하게 되었다. 아빠가 계신 은하수공원에 들러 아빠를 뵙고, 가벼운 마음으로 인사를 드리고 세종을 떠났다. 그래, 다시 새로운 시작이다. 이제 다시 힘차게 살 수 있을 것이다.

아이들은 변덕스러운 엄마 덕에 1년 만에 외사촌들과 생이별하고, 반 친구들과도 헤어지게 되어 무척 섭섭해했지만, 다행히 전학한 학교에 잘 적응했다. 어렸을 때부터 많은 사람 틈에서 자란 덕분인지 환경에 적응을 잘한다. 친정엄마는 이번에도 막내딸을 따라나섰다. 몇 차례의 이사에 지칠 법도 한데, 엄마는 역시 우리를 버리지 못하신다.

남편은 또 1년을 잘 참아내 주었다. 엄마를 잃고 좌절했던 자신을 떠올리며 나의 기나긴 방황을 인내해 주었다. 보조공학서비스센터에 이어 근육장애인협회장으로 회원들과 늘 끝없는 상담을 하던 남편은 상대의 말을 참 잘 들어 준다. 매일 이 사람, 저 사람을 상담해 준다. 보조기기에 대해, 근육병에 대해, 장애인 여행에 대해 해주고 싶은 말이 너무 많다고 한다. 내 전화를 안 받고 메신저 확인을 안 하면 십중팔구 상담 중이다. 사실 오지랖이 너무 넓어 걱정이다.

그러고 보니, 이렇게 상담에 진심인 남편 덕에 지금의 내가 있다. 남 얘기에만 귀 기울여주는 게 아니라 내가 억울할 때, 힘들 때 늘 다독여주고 내 편 들어 주는 이가 바로 남편이다. 서로 신경전을 벌이다가도 내가 열 받는 일이 생기면 남편도 함께 욕해준다. 남편은 늘 내 편이다. 나의 오랜 상담가다. 이런 남편을 만났으니 내 인생, 참 다행이다. 늘 남의 편이라서 '남편'이라던데, 내 남편은 늘 '내 편'이라서 참 고맙다.

남편에게는 그동안 많은 시련이 있었다. 특히 결혼 후에 온 시련은 대부분 나 때문이었음에도 그것을 감당해내는 것은 언제나 남편 몫이었다. 몸의 근육은 점차 약해지고 있지만, 마음의 근육은 더욱 단단해지는 남편. 또다시 시련이 닥쳐온대도 남편은 하나님께 의지하며 하나하나 넘어설 수 있으리라.

코로나로 인해

이혼하지 않기로 했지만, 서로의 바닥까지 봐버린 마음의 상처를 회복하는 데는 사실 긴 시간이 필요했다. 다시 서로를 믿어주고 안아주기까지 많은 우여곡절이 있었다. 나는 이혼 위기를 겪으면서 많이 변했다고 생각했지만, 남편은 그때 나에게 실망했던 모습이 생각날 때면 힘들어했었다. 아빠와의 마지막 시간이 우리 부부에게는 다시 마음을 합치는 소중한 시간이 되었지만, 그 후로도 몇 차례 남편은 이혼 얘기를 꺼내 내 속을 뒤집어 놨었다. 그럴 때마다 남편에게 이제 우리 생에 이혼은 없다며, 꿈도 꾸지 말라며 큰소리쳤었다. 그런데, 그런 남편이 더 이상 할 말이 없도록 만들어버린 사건이 터졌다. 2020년 12월, 남편이 코로나 확진을 받은 것이다.

회사 건물에서 코로나 확진자가 나와 선별 진료소에 가는 중이라는 남편의 연락을 받았다.

'설마, 코로나겠어?'

다음 날 아침, 양성 판정이 나왔다며 엄마 모시고 아이들이랑 빨리 검사받으러 가라고 연락이 왔다. 심장이 쿵하고 내려앉았다.

남편은 직장이 서울이라 평일에는 서울에 원룸을 얻어 활동지원사와 생활하고 주말에는 경기도에 있는 집으로 와서 가족과 함께 지냈다. 지난 주말, 온종일 고아 낸 사골곰탕을 함께 먹고, 아이들과 한방에서 자고, TV로 영화도 보고, 주말 내내 꼭꼭 붙어있었는데! 온 가족이 밀접 접촉자였다. 다행히 가족 모두 음성, 나도 음성이었다. 그러나 그날 밤부터 내 몸은 확진자인 남편과 함께 있게 되었다.

근로지원인과 활동지원사 모두 음성 판정을 받았지만 자가격리 조치를 받아, 남편 혼자 온종일 굶고 소변 통도 못 비운 채 휠체어에 앉아 마냥 기다려야 했다. 병상이 나오지 않아 열두 시간째 이송 대기 중이라고 했다. 그 상황에서 대책은 나밖에 없었다. 나도 외출이 불가능했지만 보건당국의 승인을 받고 남편에게 향했다.

떠나기 전에 아이들을 앉혀놓고 상황을 설명하고 성경 말씀을 나누었다. 함께 기도하는데, 왜 그리 눈물이 나는지 아이들과 부둥켜안고 엉엉 울었다. 곧 팔순이신 친정엄마가 아이들을 전담 케어 하셔야 했다.

> *나 여호와가 말하노라 너희를 향한 나의 생각은 내가 아나*
> *니 재앙이 아니라 곧 평안이요 너희 장래에 소망을 주려 하는*
> *생각이라 너희는 내게 부르짖으며 와서 내게 기도하면 내가 너*
> *희를 들을 것이요 너희가 전심으로 나를 찾고 찾으면 나를 만*
> *나리라* _예레미야 29:11-13

늘 어려운 일이 있을 때마다 의지했던 이 말씀을 아이들에게
읽어주며 재앙이 아니라 평안이 올 것이라고 말하면서도 내 마음
은 두려움과 슬픔으로 빠져들었다. 아이들을 집에 두고 짐 챙겨서
남편에게 향하는 내내 눈물이 멈추질 않았다. 닭똥 같은 눈물을
뚝뚝 흘리며 쫓아 나와 안아주던 딸아이의 모습이 계속 떠올라서
가슴이 미어졌다. 코로나로 인한 사망 소식이 뉴스에서 연일 쏟아
지고 있을 때여서 정말 두려운 마음이 컸었다.

'이대로 아이들을 못 보고 나도 병원에 실려 가고, 죽게 되면
어떡하지? 혹시 남편이 죽으면 어떡하지?'

끝이 없는 생각이 이어지면서 두려움에 계속 눈물만 흘렸다.
이대로 남편을 대하면 안 될 것 같아서 차를 세우고 교회 사모님
께 전화를 드렸다. 두려운 마음이 사라지고 진정이 됐다. 문 앞에

서 보건소에서 받아온 방역복을 껴입고, 장갑 끼고 소독제를 뿌리고 들어갔다. 남편은 그제야 용변과 끼니를 해결했다. 100% 나도 감염될 것이지만 혹시 모르니 갑옷처럼 갑갑한 방역복에 마스크까지 낀 채로 잠자고 생활해야 했다. 병실이 나지 않아 비좁은 방구석에서 대기해야만 했다.

5일째 날이 돼서야 서울의료원 중증 병동에 입원했다. 집 안에 갇혀있으면서, 남편은 가만히 있질 않았다. 페이스북에 실시간으로 상황을 알린 것이 온라인상에 퍼지면서 장애인단체들이 국가인권위원회 앞에서 집회를 하였고, 그 결과 취재요청이 이어졌다. SNS와 언론 보도 덕이었을까, 다음 날 바로 입원하게 된 것이다.

남편은 구급차로 이동하고, 난 전동 휠체어를 싣고 뒤를 쫓았다. 병원 앞에서 휠체어를 내려준 후, 다시 코로나 검사를 받은 후 하루 더 혼자 지냈다. 다음 날, 음성이라는 보건소 문자를 받고는 또 눈물이 쏟아졌다. 오 일 만에 아이들이 있는 집으로 복귀했다. 혹시 몰라 집 앞에서 또 방역복을 껴입고 들어가 아이들을 마음껏 안아주고는 다시 방에서 나 홀로 격리 생활을 시작했다.

남편은 기저귀를 차고 침대에 누워있어야만 했다. 워낙에 깔끔하신 분이라 제대로 씻지도 못해 힘들겠다 싶었다. 그런데, 입원 다음 날 음성 판정을 받았다. 재검사에서도 또 음성 판정이 나왔다. 그래서 바로 퇴원했다. 이건 분명 첫 번째 검사가 오진이었다며 합리적 의심을 했는데 의사는 그럴 수가 없다고 했단다. 희박하지만 확진인데 음성이 나오는 경우는 있어도, 음성인데 양성이 나오는 경우는 결코 없다는 것이다. 결론은 바이러스가 몸에 들어왔는데 활동하지 못하고 사멸해버렸다는 것. 기저질환자인 남편인데, 정말 기적 같은 일이었다. 그는 그날부터 자유의 몸이 됐다. 그런데 확진자와 함께 지냈던 나는 일주일 더 연장되었다. 억울했다.

눈물로 맞이한 코로나19. 그러나 남편이 코로나에 걸린 것이 우리 가정에는 큰 축복이었다. 친정엄마의 건강을 허락해주심이 얼마나 든든하고 감사한지, 어리기만 했던 아들이 제대로 장남 노릇 하며 잘 지내준 것도 감사. 겁쟁이 딸이 코로나 검사도 잘 받고, 자기 할 일 알아서 하고, 가족에 대한 애정 표현이 더욱 많아진 것도 감사. 남편이 접촉한 사람들 모두 음성이어서 다른 사람들에게 피해 주지 않은 것도 감사. 남편이 페이스북에 사적인 내용을 올리는 게 못마땅했었는데, 그 페이스북을 통해서 정말 많은 사람에게 위로와 응원을 받고, 그것이 다른 장애인들에게 필요한 작은 변화를 이끌어낸 것도 감사. 온통 감사뿐인 날들이었다.

가장 감사한 것은, 남편의 변화였다. 코로나 덕분에 남편은 위기가 왔을 때 함께해 줄 수 있는 사람은 자신의 아내뿐이라는 것을 질실히 깨달았고, 그 후로 만나는 사람마다 그때 일을 얘기해 주며, 아내에게 평소에 잘하라며 으쓱거렸다. 나 역시 남편에게 꼭 필요한 존재라는 것을 새삼 알게 되었다. 이후, 남편의 입에서 이혼하자는 말이 쏙 들어갔다.

나의 빛나던
동료들

사회복지사로 일하면서 장애인을 많이 만났다. 늘 도움을 줘야 하는 '고객'으로 말이다. 서울에 올라와서 '동료'로서의 장애인을 만나게 되었다. 한벗재단에는 남편 포함 다섯 명이 휠체어를 사용하는 장애인이었다. 장애인 채용은 윗분들의 권한이지만 업무에서 부딪히는 사람은 나를 비롯한 비장애 직원들이다. 우리는 업무도 하면서 활동보조도 겸해야 했다.

사무실 청소, 화장실 청소는 물론이고, 출근 시간에는 장애인 동료의 외투를 벗겨주고, 퇴근 시간에는 다시 입혀 준다. 컴퓨터를 켜준다. 도움을 청하면 하던 일을 멈추고 달려간다. 화장실에 갈 때 함께 가주거나 소변통을 비워준다. 점심 식사 때는 식판을 타다 주고, 다 먹은 후 치워준다. 회식이라도 하게 되면 휠체어가 들어갈 수 있는 식당을 골라야 하고, 회식 자리에서도 식사 보조, 화장실 보조에, 숨도 따라 준다. 귀갓길 장애인 콜택시도 함께 기다려준다. 점차 피로가 쌓이고 스트레스 지수가 높아진다. 정말 바쁠 때면 짜증나는 표정을 짓기도 하고, 귀찮아서 못 들은 척 외면하다가 뒤늦게 도와주기도 했다. 그렇게 못된 직장동료가 되어 갔다. 2010년, 근로지원인 제도가 시작되면서부터 더는 직장동료에게 부탁할 필요가 없게 되었지만, 이미 나의 인간성은 드러난 후였다.

뇌성마비 장애인 A 씨는 언어장애와 몸의 강직이 있었다. 한 손으로 키보드와 마우스를 천천히 사용할 수 있었다. 대기업 사회공헌팀 이메일, 담당자 전화번호를 모으고 매일매일 인터넷을 뒤져 사회공헌 관련 소식을 찾아 자료를 정리하고 공유했다. 해맑은 미소로 늘 소년같이 어려 보였던 그는 재단 홍보물에 자주 등장했다.

소아마비 장애인 B 씨는 후원 담당이었다. 값비싼 활동형 휠체어를 차에 싣고 다니며 운전을 하던 그녀는 늘 자신감이 넘쳤다. 제안서를 디자인해서 A 씨가 정리해놓은 이메일로 발송한다. 그리고 담당자에게 전화하거나, 찾아가서 끈질기게 제안서를 검토해달라고 요청한다. 맨땅에 헤딩하기 같았지만, 포기하지 않았다. 결국 대기업에서 먼저 손을 내밀었다. 그녀가 따낸 첫 사업은 이 억짜리 프로젝트였다.

근육장애인 C 씨는 대학에서 컴퓨터를 전공했다. 사업수행에 필요한 정보, 보고서 작성에 필요한 서류들을 늘 완벽히 준비해준다. 컴퓨터에 문제가 생기면, 그는 남의 손을 빌려 입으로 다 고친다. 인트라넷 문제도 그가 해결한다. 맘에 드는 이성이 있으면 적극적으로 대시도 하고, 늘 재밌는 입담으로 주변 사람들을 웃게 했다.

자동차 정비사 출신인 척수장애인 D 씨는 기계 수리와 개조를 잘한다. 기계, 목공 뭐든 빨리 배워서 뚝딱 만들어낸다. 그의 팀을 '요술손'이라고 불렀다. 장애인 가정을 집집마다 찾아다니며 편리하게 고쳐준다. 건물 내에 전기, 수도, 보일러 문제가 생기면 무조건 그에게 SOS를 외친다.

근육장애인 E 씨(나의 남편)는 보조기기 전문가다. 장애 당사자도 잘 모르는 자기에게 필요한 보조기기를 척 보면 안다. 견적이 나온다. 늘 장애인과 상담을 하고, 필요한 보조기기를 찾아주고, 체험해보고 구매할 수 있게 함께 애를 쓴다. 최신 정보와 다양한 아이디어가 그에게서 나온다.

한벗재단은 장애인을 위한 지원사업 아이디어가 항상 넘쳐났다. 신선하고 다양한 아이템으로 대기업 사회공헌사업도 매년 따내어 많은 장애인에게 앞서가는 서비스를 선사할 수 있었다. 모두 '일상 속 불편함을 가장 잘 아는' 장애인 동료들이 있었기에 가능했던 것이다. 늘 한결같이 자기 일을 책임지는 그들은 하루하루 놀럽게 성장해갔다. 나도 덩달아 성장한 시기였다. 그러나 그때는 몰랐다. 그렇게 빛나고, 소중한 그들의 가치를.

뇌성마비 장애인 A 씨를 채용하겠다는 이사장님의 말씀에 한숨만 나왔다. 언어장애도 있고, 도와줄 일이 많을 텐데 직장생활도 처음이라는데, 무슨 일을 할 수가 있지? 답이 안 나왔다.

어렸을 때 아버지가 돌아가시자, 새엄마는 A 씨를 외면했다. 시설에 보내려고 했다. 그때 고모와 사촌 누나가 나섰다. 그때부터 사촌 누나 손에서 자랐다. 특수학교를 졸업하고 스무 살이 된 그는 더 이상 갈 곳이 없었다. 그러다 한벗재단 컴퓨터 교실 수강생으로 이것저것 배우기 시작했다. 한쪽 발로 밀고 다니던 수동 휠체어에서 전동 휠체어로 바꾸었을 때쯤 한벗재단에서 첫 직장생활을 시작하게 되었다.

맡은 업무는 지자체, 대기업의 사회공헌사업을 검색하여 리스트를 작성하는 것. 아주 작은 그 일에도 그는 최선을 다했다. 매일매일 꾸준히 검색하고 기록한 그의 리스트는 회사의 중요한 문서가 되었다. 점차 자신의 업무 외에도 눈치껏 다른 직원의 업무도 도와주기 시작했다. 표가 안 나는 일들은 알고 보면 그가 다 하고 있었다. 그의 헌신을 치하하며 연말에 우수직원으로 표창도 했었다.

몇 년이 지나며 그런 그에게 정체기가 왔다. 더 이상 일 욕심을 부리지 않는다. 자신보다 늦게 입사한 직원이 더 중요한 업무를 맡고, 자신은 동료들에게 존중받지 못한다고 느꼈기 때문이었을까. 열심히 일해도 항상 똑같은 급여 때문이었을까. 아니, 나 때문이었을까… 점차 그의 얼굴에서 웃음기가 사라졌다. 그때즈음 한벗재단에 어려움이 생기며 그도 그만두었고, 결국 나도 그만두었다.

2014년의 어느 밤, 그가 한강에 투신했다는 연락을 받았다. 믿기지 않았다. 직장을 옮겨 잘 다니고 있고, 아담한 방을 얻어 잘 지낸다고 알고 있었는데. 그의 소식을 내게 가끔 전해 주던, 여전히 그의 술친구가 되어주던 옛 동료 직원에게 감사했다는 마지막 메시지를 남기고 그는 떠났다. 장례식장에서 나를 안고 눈물을 흘리며, 그동안 잘 챙겨줘서 정말 고맙다는 그의 사촌 누나에게 난 차마 아무 말도 할 수가 없었다.

그의 죽음은 나에게 크나큰 죄책감을 안겨줬다. 나 때문인 거 같았다. 괴로웠다. 한동안 한강을 건널 일이 있을 때, 그 다리를 피해 다녔다. 나의 죄책감과 마주하고 싶지 않아서였다. 그렇게 그를 잊으려고 노력했는데 요즘 들어 다시 그가 자꾸만 생각난다. 그에게 그 말을 하지 못했기 때문일까? 미안하다는 말. 용서해달라는 말. 이제는 전할 수 없는 말…

언제나
그 자리에

【어느 아침 [나]의 출근길】

시간이 애매하여 택시를 탈까 했는데, 다행히 120번 시내버스가 도착했다. 출근 시간이라 복잡한 버스. 조금 지나니 뒷문이 열리고 기사님이 내린다.

'무슨 일이지?'

경사로를 내리더니 곧이어 전동 휠체어가 올라탄다. 기사님이 다들 비켜 달라고 하고는 휠체어 좌석으로 안내하고 고정 벨트까지 묶어준다. 슬슬 짜증이 난다. 다시 경사로를 밀어 넣고는 그제야 버스가 출발한다.

'도대체 내 귀한 출근 시간을 몇 분이나 허비한 거야!'

화가 치밀어 오른다.

【같은 아침 [그]의 출근길】

회사로 가는 버스는 오직 120번뿐이다. 한 시간을 기다린 저상 버스. 다행히 친절한 기사님을 만났고 경사로도 고장 나지 않았지만 언제나처럼 걱정스러운 마음으로 버스에 오른다. 휠체어로 인해 버스 안이 더 비좁아졌다. 사람들 눈초리가 심상치 않다. 내릴 때까지 죄인 된 기분이다.

한벗재단은 많은 장애인으로 북적였다. 나를 비롯한 비장애인 직원들은 점심시간마다 한 명씩 도맡아 밥을 먹였다. 특히 뇌성마비로 손 사용이 어려운 분들이 늘 단골이었고 사람이 너무 많은 날은 밥이 일찍 동이 나버려 정작 우리는 밥을 못 먹는 날도 있었다. 그런 날은 어쩔 수 없게 짜증이 났었다. 그래서 비장애인 직원이 삼십 분 먼저 밥을 먹은 후에 식사 보조를 하기로 했다.

3층에는 장애인 단체가 상주해 있었다. 단체 활동가 중에 뇌성마비 장애인 아저씨가 있었다. 몸은 휠체어에 단단히 고정시키고, 얼굴은 하늘을 향해 들려 있는 상태여서 정면을 보기가 어렵다. 그래서 식사 보조를 해줘야 하는 고정 멤버였다. 종종 점심시간에 늦게 와서 혀 짧은 목소리로 아이처럼 밥을 조른다. 나는 면박을 주고는 툴툴거리며 밥을 먹여주곤 했다. 나보다 열 살 이상 많았지만 화낼 줄 모르는 그는 늘 만만한 존재였다. 내가 첫째를 낳은 해에 그 단체는 넓은 사무실을 얻어 이사했고, 그로써 하늘바라기 아저씨와도 안녕이었다.

어느 퇴근길, 버스정류장에서 아저씨를 다시 만났다. 둘째를 낳고 이직한 회사 근처에 그 단체 사무실이 있었다. 그는 저상버스를 기다린다고 했다. 마침 나와 같은 버스였다. 같이 버스를 기다리면서 이런저런 얘기를 하는데 버스가 도착했다. 그런데 저상버스가 아니다. 같이 다음 버스를 기다린다. 다음 버스도 저상버스가 아니다.

"지하철이나 장애인 콜택시를 이용하시면 되잖아요."

"거기에는 이미 장애인들이 많이 타잖아, 근데 버스는 잘 안 타잖아. 그래서 저상버스가 안 늘어. 계속 장애인이 타야 저상버스도 많아지지 않겠어?"

그래서 그는 매일 버스를 탄다고 했다. 서너 대에 한 대꼴로 도착하고, 그마저도 경사로가 고장 나면 또 같은 시간을 기다려야 하는데도 무더운 여름이건, 매서운 겨울이건 언제나 그 자리에서 마냥 기다리는 것이다.

'아이고, 아저씨. 혼자 그렇게 한다고 뭐가 달라지겠어요…'

차마 말하지 못했다. 그 후에도 몇 차례, 우린 퇴근길에 마주쳤다. 그러다 딸아이 어린이집 등원 때문에 자가용으로 출퇴근하게 되면서 버스정류장에 우두커니 서 있는 그의 모습을 차창 너머로

만 확인하곤 했다.

지하철 리프트에서 추락해 다치고 죽은 장애인들이 있었다. 2001년, 죽을 각오로 지하철 선로에 사다리와 쇠사슬을 묶고 막아선 장애 당사자들의 희생, 20년간 지속적으로 청와대 앞에서, 국회의사당 앞에서, 기획재정부 앞에서, 시청 앞에서 그리고 지하철역에서 맞섰던 그들의 행동으로 교통약자인 고령자, 임산부, 장애인 모두가 오늘의 편리한 환경을 누리게 된 것이다. 세상은 그런 사람들의 노력 덕분에 바뀌어왔다.

최근 연이어 진행되고 있는 지하철 시위. 기사에 달린 댓글을 보면 장애인을 향한 혐오의 목소리가 가득이다. 장애인, 그들도 안다. 당장의 시위로 인해 많은 시민이 불편을 겪는다는 것을, 많은 사람에게 욕을 먹고 혐오의 대상이 될 것임을. 그럼에도 불구하고 가장 불편한 자이기에 가장 먼저 나서는 것이다.

다른 방법으로 행하는 장애인들도 있다. 혼자서, 조용히, 최대한 남에게 피해를 주지 않으면서… 지하철에서 욕을 먹으며 단체행동을 하는 이들이 있는 반면, 아저씨처럼 이렇게 한 걸음, 한걸음 세상을 향해 느린 걸음을 하는 이들도 있는 것이다.

2017년 5월 5일, 아저씨가 소천하셨다. 1년간의 암 투병 중에서도 매일 바라봤을, 그 하늘로 가셨다. 그 전날 아빠를 떠나보내 상을 치르던 나는 아저씨 장례식에 갈 수 없었다. 그의 장례식장엔 유례없이 많은 장애인들이 함께 했다고 전해 들었다. 많은 이들이 그의 작고 느린 걸음을 기억해 주는 자리였으리라.

지금도 그 버스정류장을 지날 때면, 언제나 같은 그 자리에 있던 그가 떠오른다.

당신을 만나지
않았더라면 ❷

    누군가에게 고마운 사람이 되고 싶었다. 남을 도와주는 착한 사람이 되고 싶었다. 사회복지사로 사시는 부모님의 삶을 보면서 자연스럽게 나도 그래야한다고 생각한 것 같다. 그래서 사회복지사가 됐고, 지금의 남편과 결혼도 했나 보다. 그런데 고마운 사람이 되기는커녕, 나는 남편을 비롯한 많은 장애인에게 상처를 입히며 살아왔다.

    한벗재단에서 장애인 수기 공모전 주제를 '장애가 고마워'라고 정하자는 의견이 나왔을 때, 남편은 노발대발했었다. 장애인인 것이 고맙다는 뜻이 아니라, 장애가 있지만 그럼에도 인생을 살아가다 보면 고마운 순간들도 있고, 그것을 아름다운 글로 표현할 수 있을 거라는 의도라고 설명했지만, 남편은 말도 안 되는 소리라고 일축했다. 그리고 증명하겠다고 하더니 페이스북에 그 내용을 올렸다. 한 시간도 채 되지 않아 그 글에는 장애인들의 성난 댓글로 도배가 되었다. 남편과 같은 반응이었다. 당장 주제를 바꾸었다. 그러면서도 마음속으로는 계속 의문이 들었다. 고맙다는 말을 왜 용납하지 못하는 것일까.

휠체어를 타면서도 너무나 당당한 남편에게 반해 결혼했다. 장애를 극복하고 훌륭한 삶을 살 사람이라고 믿었다. 오랜 세월 동안, 언론에서는 장애인 중에서 재능이 부각되는 사람들을 장애를 극복한 영웅으로 소개했다. 나 역시 그 말에 속아 장애를 극복할 수 있는 것으로 여겼다. 그것은 대단한 착각이었다. 장애는 극복할 수 있는 게 아니었다. 15년 결혼생활에서 우리를 힘들게 했던 건 결코 극복할 수 없는 장애를 두고 상처 주고 상처받은 우리의 마음이었다. 남편의 꿈은 장애를 극복하는 것이 아니라, 그저 보통 사람으로 살아가는 것이었다.

그러나 남편에게 이 '보통'의 삶은 참으로 어려운 일이었다. 진행성 근육장애로 언제 죽을지 몰라 불안한 하루하루를 살았다. 학창 시절, 이상한 걸음을 걷는 모습을 누군가는 흉내 내며 조롱했고, 누군가는 그 흉내를 보며 재밌다며 웃었다. 몸을 맘대로 움직일 수 없게 되면서 남의 도움을 받으며 살게 되니 기분 나쁜 일이 있어도 참아야 했고, 차별받아도 큰소리치지 못했다. "장애인이니까 저러지." 그 소리만큼은 결코 듣고 싶지 않았다.

맘에 드는 이성 앞에서 늘 작아졌고, 결혼은 불가능한 것이라 여기며 살게 됐다. 남들처럼 평범한 직장인이 되고 싶지만, 기회는 평등하지 않았다. 화장실에 가고 싶어도 밥을 먹고 싶어도 씻고 싶어도 자고 싶어도 늘 누군가의 도움을 받아야 하는 그에게, 하루하루 불안과 불편과 불평등을 감내하면서 살아야 하는 그에게, 보통의 삶이란 것이 가능한 것일까.

우리의 결혼생활은 시작부터 출발점이 달랐다. 남편은 늘 아내의 도움을 받아야 하니 내 눈치를 봐야 했을 것이다. 그러면서도 자존심을 지켜내야 한다. 나는 아이들에게 늘 '아빠 먼저'를 가르쳤고, 가장의 권위를 세워줬다고 자부했다. 사실 그것은 진심으로 남편을 우선으로 하는 것이 아니라 엄마로서의 위력이 통하지 않을 때를 대비한 일종의 저축 같은 것이었는지 모른다. 위력이 안 먹힐 때는 위계로 누를 수 있다는 생각이 깔려있었다. 그러면서도 남편을 위하는 척했다. 나의 도움을 받아야 하는 남편은 나에게 고마워해야 한다고도 생각했다. 그런데 내 눈에 그는 도무지 고마워할 줄을 모르는 것 같았다.

결혼생활에 있어서 가장 중요한 것은 사랑이라고 생각했다. 그러나 이제 생각해보니 사랑보다 더 중요한 것은 서로에 대한 고마움이 아닐까. 결혼 7년 만에 이혼 위기를 겪으며 과연 우리가 사랑했던 것이 맞는지 의심했고, 꺼져버린 사랑의 불씨는 영원히 되살아나지 않을 것 같았다. 다행히 이혼하지 않기로 하며 우리는 서로에게 한없이 미안해졌다. 그러면서도 한동안 어색한 사이가 되었다. 갈기갈기 찢어졌던 부부의 마음을 접착제처럼 붙여준 것은 '고마운 마음'이었다.

이혼하려던 마음을 접고 나를 잡아 준 남편이 고마웠다. 그리고 내 마음이 바뀔 때까지 기다리며 가정을 지켜내 준 것도 고마웠다. 남편 역시 내가 마음을 바꿔 고맙다고 했다. 그 후로 물 한 잔에도 고마워했고, 어디든 동행해주는 것도 고마워했다. 아주 사소한 것부터 시작된 고마움은 점차 눈덩이처럼 불어나기 시작했다. 친정 아빠가 돌아가셨을 때 곁에서 큰 힘이 되어준 남편이 고마웠다. 남편이 코로나에 걸렸을 때 감염의 위험을 무릅쓰고 함께해준 나에게 고마워했다. 서로에게 고마워할 일은 무궁무진했고 고마운 마음은 쌓일수록 더욱 단단해졌다. 장애 때문이 아닌, 서로의 존재 자체가 고마운 것이다.

나에겐 오래된 고질병이 있었다. 원인 모를 침샘염이다. 조금만 피곤해도 침샘이 막혀버려 침샘 부위가 부어오른다. 대학병원 여러 곳을 가보았지만, 원인을 알 수 없었다. 침샘에 돌이 생긴 타석증도 아니었고, 자가면역 기능 검사도 정상이었다. 침샘이 부어오를 때마다 매번 침샘을 손가락으로 눌러 짜내다 보니 턱 밑 피부가 거무스름하게 변해버린 지경이었다. 한두 시간 아무것도 안 하고 누워있으면 그제야 침샘이 가라앉기 시작한다.

이렇게 고통의 세월을 살고 있었는데, 올해 초에 남편이 내 침샘염을 기도제목으로 기도하던 중, 우연히 침샘 내시경이 국내에 도입되었다는 기사를 발견했다. 당장 예약하고 수술을 받았다. 교회에서 남편의 얘기를 듣고 목사님이 말씀하셨다. 남들이 보기엔 이 부부는 아내가 남편을 걱정해야 할 것 같은데, 몸 불편한 남편이 불편하지 않은 아내를 걱정하고 있다고. 얼마나 아내를 사랑하는지 보인다고 하셨다. 정말로 남편은 내 걱정을 많이 한다. 그것은 날 사랑하기 때문일 거다. 피 한 방울 섞이지 않은, 전혀 남인 누군가가 내 인생에 들어와 나보다도 더 나를 아끼고 사랑해주는 것이다.

7년 전 나는 남편을 원망하며 부르짖었다. "당신을 만나지 않았더라면…." 그때의 그 말은 후회의 말이었다. 7년이 지난 지금의 나는 다시 고백한다. 남편을 만나지 않았더라면, 나는 이보다 더 가슴 벅찬 사랑의 감정을 느껴보지 못했을 것이다. 생명의 끈으로 연결된 소중한 우리 아이들을 얻지 못했을 것이다. 인생의 참맛을 지금껏 깨닫지 못하고 있을 것이다. 하나님과 세상에 감사한 것이 얼마나 많은지 모른 채 살아가고 있을 것이다.

16년 전 그날, 그 시간, 그곳에서 당신을 만나지 않았더라면.

인생의 수많은 장면 중에서 소중하지 않은 순간이 있을까요? 나이 오십에 가까워지면서 문득문득 떠오르는 장면들이 있었습니다.

'그때 나는 왜 그랬을까? 그때 그러지 않았더라면, 지금 알고 있는 것을 그때도 알았더라면…' 부끄러운 기억이지만 결국 나를 성장하게 만든 소중한 순간입니다.

이런 순간들을 글로 남기고 싶다는 생각을 어렴풋이 했던 것 같습니다.

코로나19로 인해 일을 접고 방황하던 나에게 남편은 한국장애인고용공단 직장 내 장애인 인식개선 강사를 준비해보라고 권유했습니다.

내가 그럴 자격이 있나? 나는 장애 당사자도 아니고, 좋은 직장동료도 아니었는데. 나야말로 남편을 포함한 장애인의 '적'이었는데. 망설이는 나에게 남편이 힘주어 말하더군요.

"나랑 15년 함께 살아온 것만으로도 당신은 자격이 있어!"

남편이 그리 말해주니 참 고마웠습니다. 부끄럽고 후회되는 지난날이지만, 그렇기에 오히려 말해야겠다고 생각하게 되었습니다.

비장애인 동료와 일하면서 장애인 근로자들이 겪을 수 있는 직장 내 고충, 비장애인 여성과 살면서 남편이 겪었던 고충. 그들의 이야기를 대신 꺼내어 세상에 들려주고 싶어졌습니다.

최근 몇 년간 저는 스스로 늙었다고 생각했습니다. 이제 뭘 시작하기엔 늦었다고, 안될 거라고 단정지었습니다. 코로나19로 인한 우울감까지 더해지면서 한없이 나락으로 떨어지는 기분이었습니다. 그저 살아갈 뿐이었죠.

작년 가을, 남편이 일했었던 한국근육장애인협회의 '마음근육 키우기 프로젝트' 일환으로 가족 상담을 받게 되었습니다. 《보통의 가족이 가장 무섭다》의 저자, 김미혜 교수님이 매주 집에 오셔서 다양한 상담기법으로 우리 가족의 마음을 보듬어주셨습니다.

지나온 우리 부부의 얘기를 들으며, 교수님이 저에게 책을 써보라고 하셨습니다.

'내 까짓 게 책이라니!'

말도 안 된다고 생각하면서도 코로나 때문에 버려두었던 블로그에 글을 쓰기 시작했습니다.

신기한 경험이었습니다. 지나온 인생을 기록한 글을 온라인상에 올리는 과정은 저에게 크나큰 치유의 시간이 되었습니다. 후회

되었던 일들, 잊고 있었던 일들, 용서받고 싶었던 일들을 기록하며 내 안에 있던 무거운 짐을 벗은 것 같았습니다. 엉켜있던 실타래가 풀리듯, 과거에는 이해하기 어려웠던 것들이 이해되고, 이해하고 싶지 않았던 것들을 이해하게 된 것입니다. 과거를 돌아보지 않고 앞으로 나아갈 힘이 생겼습니다. 그리고 드디어 책을 내게 되었습니다.

저는 포기가 빠른 사람이었습니다. 자신 없는 것, 하기 싫은 것, 가질 수 없는 것은 금방 포기했습니다. 원함이 커질수록 실망도 클 것이기에, 부러운 마음, 욕심을 얼른 접고 돌아섰습니다. 포기해버리는 마음, 그것은 제 인생에 지속적으로 영향을 끼친 것 같습니다. 어떤 때는 양보라는 이름으로, 어떤 때는 겸손이라는 이름으로 억지 포장을 하기도 했습니다. 나이가 들어가며 포기할 것은 포기해야 한다는 생각은 더 확고해졌습니다.

그런데, 이제는 포기하고 싶지 않습니다. 지금 내가 하고 있는 것, 하고 싶은 것을 포기하면, 더 이상 나에게 기회는 오지 않을 거라는 생각이 듭니다. 언제일지 모를 생애 마지막 눈을 감는 순간, "'그때 포기하지 않길 잘했어!'"라고 말할 수 있도록 내 꿈에 몰입하며 전력 질주할 것입니다. 더 이상 늙었다고, 늦었다고 생각하지 않을 것입니다. 몸의 근육은 약해지지만, 마음의 근육을 단단히 하며 여전히 오늘을 살아가고 있는 남편과, 일흔 살에 모든 것을 버리고 용감하게 새 길을 떠나셨던 아빠, 여든 살에도 하루하루 꼿꼿한 일상을 살아내시는 엄마처럼, 그렇게 살 것입니다.

지난 글쓰기의 여정은 혼자 해낸 것이 아닙니다. 올해 안에 책을 내겠다는 포부에 공감하며 가족 모두가 '나만의 시간'을 지켜줬습니다. 내 인생의 모든 스토리를 함께 만들어 온 나의 가족에게 사랑을 전합니다. 지금은 하늘에 계신 영원한 나의 멘토이신 아빠, 매일매일 나의 글을 함께 읽어주고 응원해 주신 엄마와 곁에서 늘 아웅다웅히면서도 여진히 내 편이 되어주는 남편, 날 때부터 효자인 아들과 그저 예쁜 딸, 고맙고 사랑합니다. 우리 가족을 응원해 주시는 많은 분께 고개 숙여 감사드립니다. 그리고 여전히 나를 사랑하시며 이끄시는 하나님을 찬양합니다.

제 이야기에 관심 가져주시고 끝까지 읽어주셔서 감사합니다. 추상에서 구체로 갈 수 있는 길을 열어주시고, 진심 어린 격려를 아끼지 않으신 글쓰기 선생님들께 존경의 마음을 담아 감사드립니다. 부족한 제 글에 찬란한 날개를 달아주신 슬로디미디어 출판사의 노고에 깊이 감사드립니다.